ORIOL PELACANYES

Creuer Paradís

Mètode Pelacanyes per viure unes vacances d'anunci

DIRECCIÓ EDITORIAL:
Departament de Literatura GE

DIRECCIÓ D'ART:
Departament de Disseny GE

PRIMERA EDICIÓ: maig de 2015

IMPRESSIÓ:
Edelvives Talleres Gráficos. Certificado ISO 9001
Imprès a Saragossa, Espanya

ISBN: 978-84-479-2957-3

DL B 9016-2015

ORIOL PELACANYES

CREUER *PARADÍS*

MÈTODE PELACANYES PER VIURE UNES VACANCES D'ANUNCI

Eva Santana

IL·LUSTRACIONS **Jaume Bosch**

BAULA

Per a en Miloš, desitjant que no perdi mai l'esperit aventurer.

EVA

1. PATÉ PODRIT DE MUSCLO I ALTRES EXQUISITATS

Quan la meva mare va entrar a casa xisclant:

HO HE ACONSEGUIT, HO HE ACONSEGUIT, HO HE ACONSEGUIT!

La primera idea que em va venir al cap va ser pensar que **per fi havia aconseguit enquibir-se dins el vestit vermell,** un

vestit que diu que no li entra des que ens va tenir al meu germà i a mi.

El meu pare devia pensar el mateix, perquè va dir:

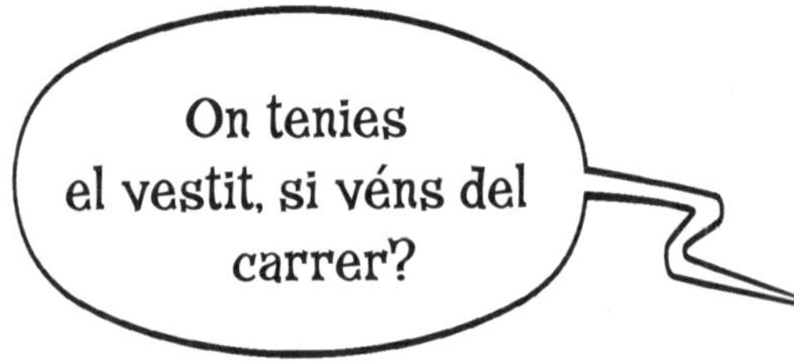

I el meu germà Manel va ser l'únic que va dir alguna cosa amb cara i ulls, com sempre:

Si el vestit no li entrava fa una setmana, ara tampoc, perquè no ha perdut ni un gram.

La meva mare, que havia entrat a casa tota contenta i excitada, va quedar palplantada al mig del menjador. Després **es va anar posant vermella, després violeta,** va prémer els punys i, quan jo ja pensava que explotaria com una olla de pressió, es va posar a cridar:

US PENSEU QUE SOU MOLT GRACIOSOS, OI?? DONCS ARA NO US HO EXPLICO!

I, dit això, es va anar a tancar a la seva habitació.

Valia més no dir-li que no fèiem broma.

La meva mare sempre es queixa que quan ens va tenir al meu germà Manel i a mi **va quedar feta una botifarra** i que la seva cintureta va quedar plena de bonys que no sap d'on surten. El meu pare, que és una mica bestiota, sempre li diu que ell sí que sap d'on surten, del frankfurt de sota casa!

I la meva mare li contesta que ella menja molt sa i que **l'altre dia fins i tot es va menjar un tall de tomàquet.**

Les discussions sobre el pes de la meva mare són una cosa ben habitual, a casa meva, i sempre s'acaben de la mateixa manera: el meu pare li diu que té moltes manies i que està ben guapa, amb botifarres o sense, i que mira quina panxota que té, ell, i que amb panxota i tot es troba més guapo que mai. És clar que no s'ha vist al mirall, darrerament, si no veuria que **la seva panxa sembla un zepelí.** La meva mare deu pensar igual, perquè quan no li diu "orangutan del meu cor" sempre li diu **"el meu globus estimat".**

A l'hora de sopar, la meva mare encara estava de morros, i per tercera setmana consecutiva vam menjar **Paté d'escopinyes en escabetx.** Sí, ho sé, és la cosa **més fastigosa del món** després de les altres coses cuinades que mengem a casa:

ous ferrats recremats, llibrets de llom socarrimats, croquetes esclafades i recremades, aletes de pollastre ennegrides... El meu germà i jo li supliquem:

Mare, si us plau! Fes-nos una mica de verdura bullida! Una mica d'amanida, per l'amor de Déu!

Però ella, res, com si sentís ploure. I recórrer al meu pare és inútil, perquè el seu menú és únic i consisteix exclusivament en una barbacoa socarrada, i només si és cap de setmana i s'ha llevat de bon humor.

Tornem al paté d'escopinyes en escabetx. **La meva mare està recollint etiquetes** de paté d'escopinyes en escabetx per participar en un sorteig. Des que la seva amiga i veïna, la Pepi, **va guanyar un creuer recollint cent cinquanta-tres etiquetes d'ampolles de netejavàters,** que no pot dissimular l'enveja que li té. Jo, la veritat, només de pensar de ficar-me en un creuer amb el marit de la Pepi, que és tan avorrit que podria fer adormir les ovelles, i amb el seu fill, l'Arturet, un nen que només d'entrar a casa ja et trenca dues o tres coses, surto corrents. **Però la meva mare s'hauria venut els dits de la mà dreta per poder anar-hi**

amb ella, tot i que la Pepi hi va convidar la seva germana, o sigui que ja fa una bona temporada que recull etiquetes de tot tipus.

Vam tenir l'època dels **llumins MULLINS,** i en va arribar a comprar 2.367 capses, que encara corren per casa i que no gastarem mai de la vida, però no va guanyar res. Després va venir l'època de les **amanides envasades QUESBÒ,** i a casa meva mai no s'havia menjat tant de verd. El meu pare estava indignat, i quan ja

feia un parell de setmanes que menjàvem tots com conills, va fer la maleta i va dir a la meva mare que si no tenia frankfurts per sopar, marxava de casa. Tampoc no va guanyar res, aquella vegada. Aleshores va començar la promoció de

salsitxes farcides de pasta d'anxova XIXOVES, i vam estar una setmana seguida menjant salsitxes per esmorzar, per dinar, per berenar i per sopar, **fins que ens vam posar tots malalts** i vaig haver de faltar a l'escola durant vuit dies. Aleshores va regalar totes les salsitxes farcides de pasta d'anxova a l'Anselm, el nostre veí, que és un

iaio però té un estómac a prova de bomba; va estar molt content. Durant una altra setmana sencera vam menjar només **mantega MILKEGA,** perquè regalaven un viatge al Carib. Una altra setmana vam passar-la a base d'**OUS DE PERDIU BENVIU,** perquè sortejaven un creuer a la Costa Brava. Encara vam estar uns dies

més menjant únicament all i julivert trinxats, perquè la casa **BONHERBA** havia tret una picada nova i sortejaven un viatge als fiords noruecs. I, finalment, havíem passat gairebé deu dies sobrevivint només a base

de pastilles de brou concentrat de gamba per fer paella, marca **GAMBRIL.** La mare ens donava un got amb aigua calenta perquè se'ns anessin desfent a la boca.

Aquell dia, doncs, tornàvem a menjar paté d'escopinyes en escabetx. La meva mare havia tingut la delicadesa de camuflar el paté dins una truita, o sigui que si t'hi esforçaves una mica i no et veia, podies anar rascant el paté i amagar-lo al tovalló, per provar de menjar-te només la truita.

En Manel va fer un oi i **li va caure un calbot,** i el pare feia cara de **pomes agres,** però la meva mare, que el coneix com si l'ha-

gués parit, li va posar la revista de motos al costat del plat i així s'ho va menjar tot sense ni adonar-se'n.

Així
no voleu saber
què us havia
d'explicar?

... va dir la meva mare, punxant la seva truita de paté d'escopinyes en escabetx.

Hummm

Va fer el meu pare, que mirava la foto d'una noia damunt d'una moto i no va aixecar el cap.

En Manel va fer passar la truita avall amb un glop d'aigua i va dir:

Que ja saps què menjarem les properes dues setmanes? Espero que no sigui res amb peix. Estic d'escopinyes fins al ganyot. No podria ser alguna cosa amb xocolata?

S'ha acabat això de menjar estrany per guanyar un creuer...

... va dir la meva mare, misteriosa.

Puc llençar
la truita amb paté
d'escopinyes en
escabetx,
doncs?

... vaig dir *jo*, però **em va caure un clatellot.**

NO! A casa
no llencem
menjar!

... va cridar la molt bruixa.

—No menjarem més coses estranyes per-què... **HE GUANYAT!** —va xisclar, i es va aixecar d'un cop amb els braços enlaire.

—Has guanyat què? —va dir el meu pare amb cara de moniato. Com que llegia la revista

de motos, només tenia el cervell connectat a mitges.

Què vols que sigui?? El creuer!
He guanyat un creuer per a
quatre persones!!

Es va fer un silenci sepulcral a la taula, només interromput per les rialletes histèriques i els sorollets guturals de la meva mare, que estava tan contenta que estava a punt d'explotar.

Hi ha tele,
al creuer?

... va preguntar el meu pare.

Jo no hi penso anar.

... va dir en Manel.

Jo... em puc saltar l'escola??

... vaig preguntar jo, que començava a animar-me.

Sou uns desagraïts! Tot l'esforç que he fet perquè pugueu anar de creuer GRATIS! I qui m'ho agraeix, eh! QUI??

... va xisclar la Rossi, la meva mare, vaja.

—Dona, que fa dues setmanes que menjo brou de gamba, eh! —va cridar mon pare—. I paté podrit de musclo o jo què sé què!

I, dit això, va fer un gest tan brusc amb la revista de motos que el tros de truita que li quedava al plat va sortir disparat.

... vam sentir que cridava l'Anselm, des del balcó del costat.

I el meu estómac, que no m'enganya mai, **va fer dues voltes sobre ell mateix,** que és el que em passa quan s'acosta una aventura.

2. PREPARATIUS PER AL PARADÍS

El creuer que ha guanyat la meva mare a costa de jugar-se la salut de la nostra família consisteix en **sis dies de navegació pels ports de la Mediterrània.** La meva mare s'ha comprat un atles per saber on són Tunis, Nàpols i Pisa. El meu pare diu que no entén quina mena de ports mediterranis són aquests, que tothom sap que els millors ports

de la Mediterrània són, sens dubte, Lloret, Calella, i potser, si vols anar una mica al sud, Benidorm.

On carai
és Nàpols?

... ha preguntat el meu pare, indignat.

I Pisa?

La meva mare no li ha fet ni cas.

Ella i jo, perquè el meu pare no vol saber-ne res i en Manel passa, ens hem mirat el programa del *Paradís*, que així és com es diu el vaixell que ens durà de creuer.

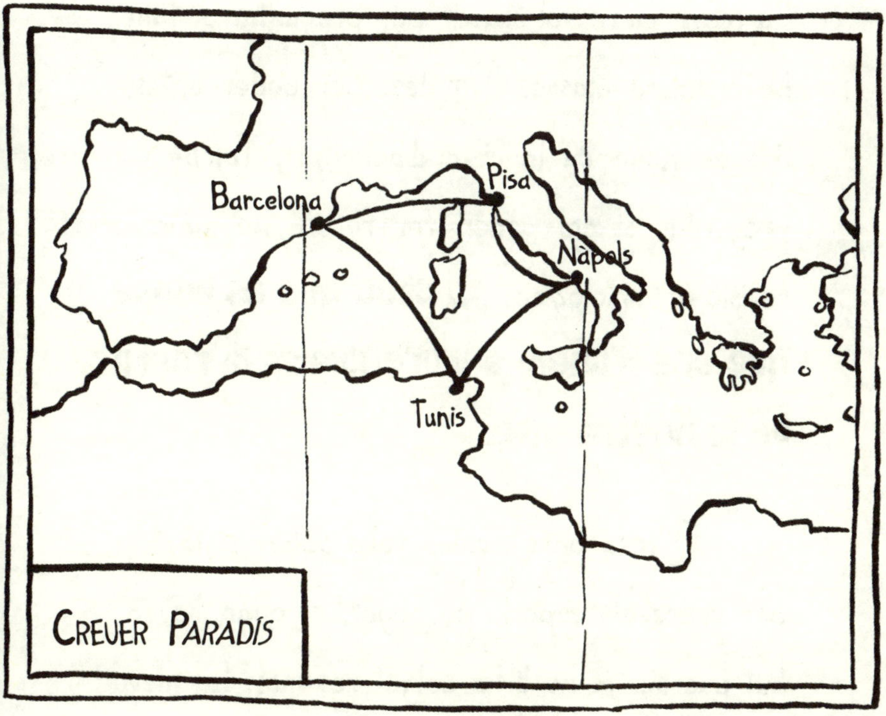

Hi ha classes de **ioga**, de **Pilates**, de **zumba**, de **rumba**, de ***spinning***, de ***stret-ching***, de **kick-boxing**, de **GAC**, de **TRX**, de **macramé** i d'**automaquillatge**, entre moltes altres coses que no sé ni què volen dir. La meva mare vol trucar per preguntar si també hi haurà classes d'anglès, per poder entendre els noms de la llista d'activitats. També vol preguntar si em poden fer reforç de mates i revisió oftalmològica. **Jo crec que es pensa que ens n'anem a viure gratis la resta de la nostra vida.**

El meu pare només volia saber si la tele per veure els esports és *gegant*, i quan ha sabut que sí, ja no li ha calgut res més. La meva

mare li ha dit **"goril·la insensible"** i ella i jo, tots dos junts, hem començat a fer plans per aprofitar al màxim el creuer.

Necessitaré un vestit de submarinista! Perquè, mira, aquí hi diu que hi ha classes d'aiguagim. Tu creus que necessitaré bombones de submarinisme?

... ha dit la meva mare.

—A mi em sembla que sí —he dit a la meva mare, perquè estic segur que ella necessitarà de tot, i més si es tracta de sucar-se a l'aigua.

Així estàvem quan en Manel ha irromput al menjador i ha cridat:

Jo no hi penso anar! Acabo de rebre la convocatòria per a la Trobada Anual de Cupcakes en Forma de Personatges de Star Wars! Coincideix amb el creuer, no hi puc anar!

—Ja hi aniràs l'any que ve! —ha dit la meva mare amb cara de sorpresa—. No deus estar pensant a perdre't **el viatge de la**

teva vida per anar amb quatre arreplegats a jugar amb espases fetes de magdalena, oi?

No són magdalenes, són cupcakes!

... ha cridat en Manel fora de si.

—Ah, sí, cupcakes! Queda més fi, és veritat —ha reflexionat la meva mare—. Té com més glamur... Doncs amb espases de cupcake!

—Que vingui la Lis —he dit jo, fluixet.

—Però és igual, Manel, **que si magdalenes o cupcakes!** Estem parlant d'un creuer, un CREUER! No ho pots comparar amb fer cupcakes en forma del paio aquell verd amb orelles punxegudes!

... ha xisclat en Manel, que jo crec que **se sent una mica incomprès** dins la nostra família.

... he tornat a dir, fluixet.

El meu pare ha entrat d'una revolada al menjador.

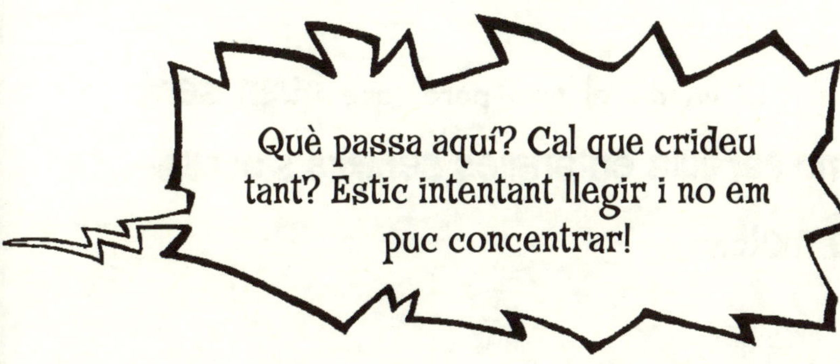

... ha cridat, perquè sí que és veritat que **quan el meu pare mira la seva revista de motos, necessita tota l'atenció del món.**

—El teu fill! —ha exclamat indignada la meva mare—. El teu fill, que **prefereix anar a trobar-se amb uns rarets que fan cupcakes** que venir amb nosaltres al creuer!

Que fan què? És alguna cosa il·legal?

... ha dit el meu pare, que **quan sent una paraula en anglès sempre s'ataba-la molt.**

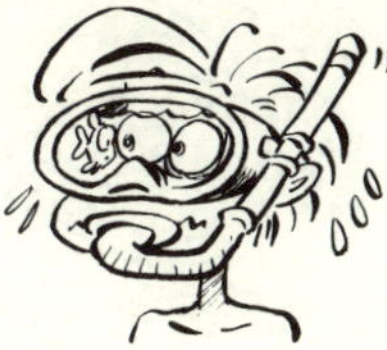

—Cupcakes, pare, cupcakes en forma de personatges de Star Wars... —ha intentat explicar en Manel.

Magdalenes, carai!

... ha dit la meva mare.

—I si són magdalenes per què no dieu magdalenes? Òspita! Una magdalena de tota la vida? I per a això tantes voltes? —ha cridat el pare.

Que ara tot són aquests *capdaixonses* que dius i *moltfins* i *brounosequè*. No podeu dir pa de pessic i magdalena?? Què us passa, sou tots tontos? I per una magdalena no pots venir al creuer?

Muffins i brownies, inculte!

... li ha etzibat la meva mare.

—No és el mateix una magdalena que un cupcake..., i no vull venir al creuer —ha insistit en Manel.

—Que vingui la Lis —he dit jo, sense aixecar els ulls de la taula.

Què dius, tu, nas de mocs? No veus que estem discutint?

... ha cridat el meu pare.

—Si en Manel es queda a casa, que vingui la Lis al creuer —he insistit. I que consti que sabia que m'estava guanyant un clatellot, però he vist l'oportunitat de no estar sol en aquell creuer de la punyeta i no la volia deixar passar!

Però tu et penses que m'he matat a menjar paté d'escopinyes en escabetx per regalar un creuer a la *xineta* aquesta?

... ha cridat la meva mare.

Crec que en Manel ha estat molt content que, per variar, algú s'aliés amb ell, encara que sigui per conveniència, perquè és clar que jo prefereixo infinit universal anar de creuer amb

la Lis que amb **el friqui del meu germà,** que seria com anar-hi sol.

És una bona idea! Si la Lis va al creuer en lloc meu, l'orellut no us farà la murga! Es distrauran sols, tots dos! En canvi, si hi vinc jo, el tindreu tot el dia enganxat, o, el que és pitjor, es ficarà en tota classe d'embolics!

... ha dit en Manel.

Els meus pares han callat un moment. Segurament, en Manel, que **és un friqui però és molt, molt llest,** ha dit exactament el que ells volien sentir. Jo he deixat

de respirar perquè volia amb totes les meves forces que els meus pares acceptessin aquest tracte. **He encreuat tots els dits** de la mà dreta i tots els de la mà esquerra. He encreuat els braços sobre la falda, he encreuat les cames i tots els dits dels peus. **Per favor, per favor, que diguin que sí!** Aleshores, el meu pare, inflant el pit, ha dit:

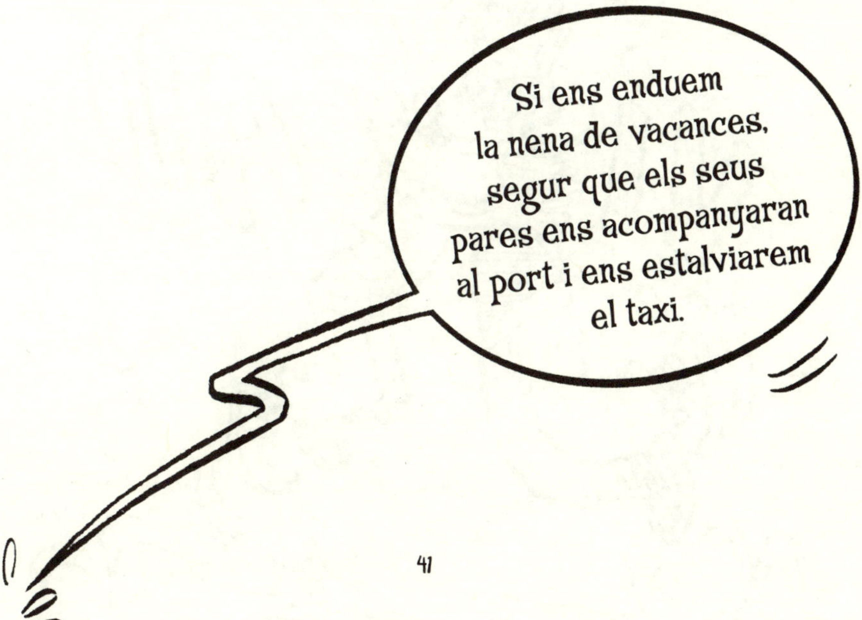

Això és un sí? **AIXÒ ÉS UN SÍ??** En Manel i jo ens hem mirat i, per primera vegada a la vida, ens hem fos en una abraçada i, **xisclant de l'emoció**, hem saltat pel menjador, així agafats, durant una bona estona, que ha estat el moment que en Manel ha aprofitat per dir-me, a cau d'orella:

—Si no em dónes la teva guardiola, diré als pares que vull venir al creuer!

Però, així com altres vegades m'ha fet ràbia donar-li tots els meus diners, aquesta vegada no m'ha importat gens, perquè...

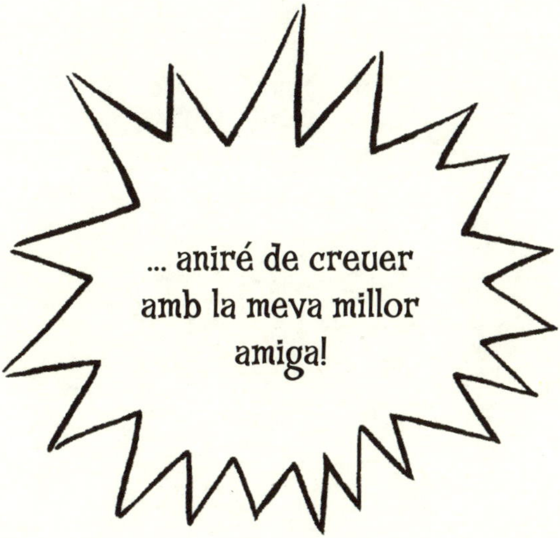

3. TOT A PUNT! (INCLOENT-HI LA LIS)

La negociació amb els pares de la Lis perquè la deixessin venir de creuer **no va ser fàcil.** Hi havia una qüestió d'idioma, és clar, i és que el meu pare només parla l'idioma del barri. Però també hi havia un tema més pràctic. El pare de la Lis era reticent a deixar-la marxar, no tant perquè faltaria a l'escola, sinó més aviat pel tema de l'escombra. Com que la Lis és la que passa l'escombra pel basar

xinès dels seus pares, l'home no veia clar això de deixar-la marxar tants dies. **Qui passaria l'escombra, mentrestant?**

Això el meu pare ho va entendre perfectament, perquè ell també em posa a escombrar el seu taller així que en té l'oportunitat, o sigui que de seguida es van entendre, perquè el meu pare li va dir que no patís, que els dies abans del creuer *jo* aniria a passar l'escombra amb la Lis i netejaríem el doble, i que quan tornéssim, *jo* també hi aniria uns dies. **Jo devia fer cara de pallús,** perquè em va caure un **calbot amagat,** que és un calbot especialitat del meu pare que et cau just quan ningú no el mira. El pare de la Lis va girar el cap un

moment per mirar la seva filla, per veure si hi estava d'acord, i, "**Pam**", calbot amagat.

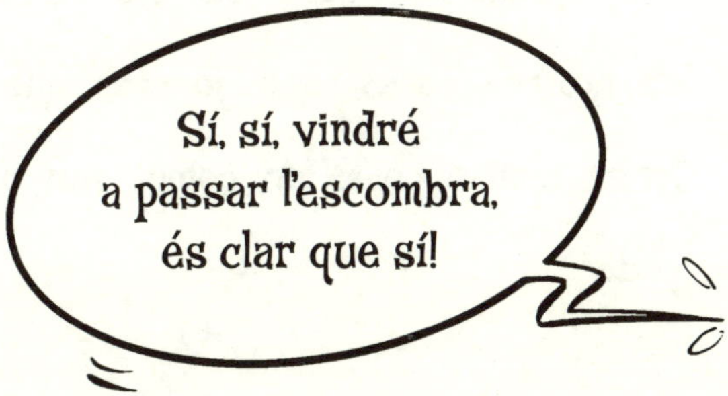

... vaig dir jo.

El Pare De la Lis va DuBtar. La Lis em mirava sense respirar, amb un somriure sota el nas, esperant a veure què deia. Per a ella, que, igual que jo, només havia sortit del barri una vegada que vam agafar el tren per anar a Figueres, anar de creuer per països estrangers

era un somni tan gran que gairebé no es podia ni creure la sort que tenia. **Aleshores va ser quan la cosa es va tòrcer**, perquè els nostres pares, que jo crec que en el fons tenen moltes coses en comú, van dir, a la vegada:

El pare de la Lis es va alterar molt i va començar a parlar en xinès, i ella, que és llesta com no n'hi ha d'altra, el va fer entrar a la cambra dels estris de neteja, empenyent-lo suaument i dient-li no sé què en xinès. De seguida en va sortir, sense el seu pare, per dir:

—Diu el meu pare que és evident que vosaltres esteu interessats a portar-me de vacances i que és ell qui us fa un favor.

El meu pare es va sulfurar molt.

—Doncs li dius al teu pare que aquest viatge costa molts diners i que hem hagut d'empassar-nos quilos i quilos de paté d'escopinyes en escabetx, i que això bé val alguna cosa!

La Lis va entrar al quartet per repetir això al seu pare. Aleshores, el senyor Chang, el pare de la Lis, va sortir mentre allargava la mà cap al meu pare per fer-li una encaixada.

—Entesos —va dir el pare de la Lis—. Entesos, quedem així, doncs, entesos, entesos...

I després de repetir-ho unes vint vegades, va agafar l'escombra i es va posar a netejar el fons de la botiga.

—Diu que podreu agafar del basar tot el que vulgueu durant una setmana, quan tornem del creuer.

El meu pare, amb un magnífic somriure a la cara, va sortir del basar per anar tirant cap al frankfurt, perquè era l'hora de la seva cerveseta, i la Lis i jo vam saltar d'alegria.

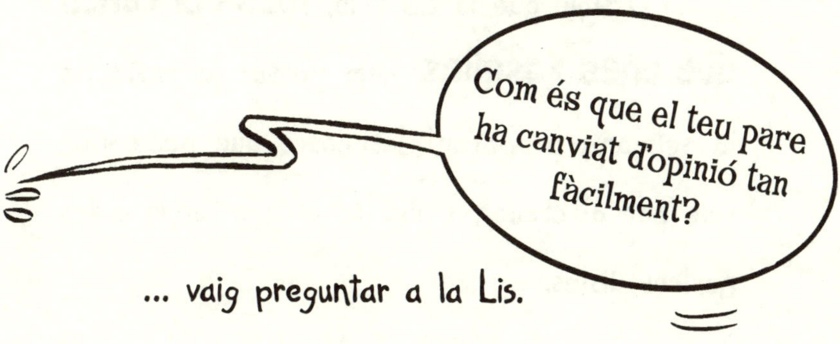

... vaig preguntar a la Lis.

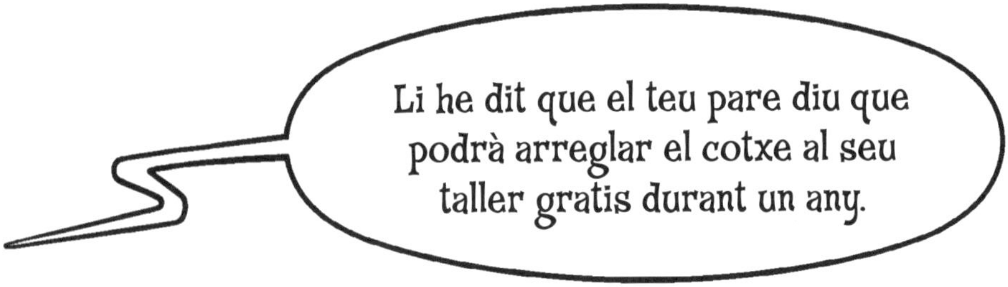

—**Ai mare!** I què ha dit ell? No és veritat que podrem comprar gratis al basar?

—Bé..., el meu pare ha dit que ja sabia que el teu pare entraria en raó, **que sembla un orangutan però que en el fons deu ser llest.** No devies voler que traduís això!

O sigui que la Lis i jo, **més contents que unes pasqües,** hem passat la resta de la setmana preparant les coses que necessitarem per al creuer, i això és el que tenim a les nostres llistes:

Llista de l'Oriol
Vestit de bany
Unes ulleres i un tub
Un pot de pólvores pica-pica
Pega
Una lupa
Una gorra de capità
Les vambes que fan llums, per si
caiem al mar
Una corbata per al sopar de gala
PICA-PICA
stick

Llista de la Lis

Biquini
Un matalàs inflable
Un aneguet de goma per al jacuzzi
Cinta adhesiva
Una llibreta i un llapis
Una disfressa de sirena
Uns braçals per nedar per si caiem al mar (la Lis no sap nedar, us ho podeu creure??)
Un vestit per al sopar de gala

I, a casa, **no sóc l'únic que està de preparatius!** Ja us podeu imaginar com està la meva mare, tot el dia comprant coses per al creuer! El meu pare està esgarrifat i diu que **aquest creuer serà el més car de la història dels creuers,** perquè entre tots els diners que vam gastar en llumins **MULLINS,** amanides envasades **QUESBÒ,** salsitxes farcides de pasta d'anxova **XIXOVES,** la mantega **MILKEGA,** la picada d'all i julivert **BONHERBA,** els ous de perdiu **BENVIU,** les pastilles de brou concentrat de gamba per fer paella **GAMBRIL** i l'inefable paté d'escopinyes en escabetx, i tot el que està comprant la meva mare per endur-se al creuer, **podríem haver comprat el vaixell sencer** i encara ens hauria sobrat pasta.

La meva mare s'ha comprat **tres vestits nous**, d'aquests que li agraden a ella, amb volants i cintes i pompons i transparències, i coses d'aquestes que a mi em sembla que **li queden com un xurro** però que suposo que a ella li fan creure que és **la Princesa del Pèsol**, no ho sé. També s'ha comprat un **conjunt per fer zumba** i un per fer *spinning*, el vestit de neoprè per fer aiguagim i unes sabatilles per saltar del llit noves, perquè **si a mitja nit**

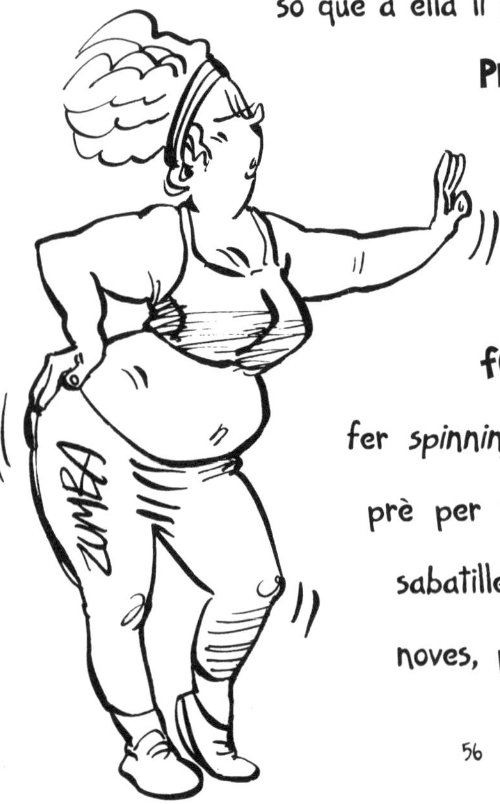

s'enfonsa el vaixell i ha de sortir corrents, almenys no vagi vestida com un drapot (no m'ho invento, eh, paraules textuals!). També s'ha comprat un joier per endur-se les seves joies.

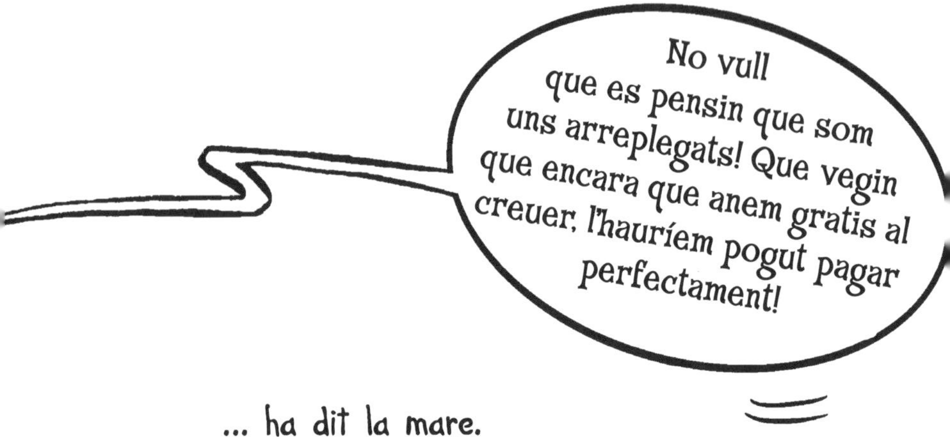

... ha dit la mare.

Ha comprat un corbatí per al meu pare, perquè diu que és la cosa més elegant que hi ha, que les corbates són per a qualsevol, però que el corbatí, ui!, el corbatí és per als més elegants del món, com els actors. **El corbatí del meu pare és daurat amb piquets platejats.** També s'ha comprat unes sabates amb uns talons tan alts que no sé pas com aguantarà l'equilibri a la coberta del vaixell.

Avui han tingut una discussió tremenda perquè el meu pare es vol endur el xandall vermell amb el toro que diu **"Sóc un toro"** i la meva mare li ha dit que ni parlar-ne. Que **al vaixell els xandalls estan prohibits i els texans també.** El meu pare ha reclamat la normativa del vaixell. Volia veure amb els seus propis ulls on diu que els xandalls estan prohibits, però la meva mare ha dit que ho sap segur i prou. Aleshores **li ha comprat un conjunt per jugar a tennis,** d'aquests amb pantalonets blancs curtets. És impossible que algú es cregui que el meu pare juga a tennis, amb aquest tros de panxa que té. Potser algú es creurà que s'ha empassat

totes les pilotes de la pista, però que juga, això segur que no. Igualment el meu pare li ha dit que no pensa jugar a tennis ni acostar-se a una pista de tennis, i la meva mare li ha contestat que el més important no és que hi jugui, sinó que tothom es pensi que hi juga.

La meva mare diu coses molt misterioses, de vegades.

Avui ha estat el darrer dia d'escola abans de marxar de creuer, i la Lis i jo hem portat unes

notes al mestre per explicar-li que serem uns dies fora. **En Fuet**, el nostre mestre i tutor, **ha fet una ganyota** i ens ha donat deures per a tota la setmana que serem de creuer. Els nens de la classe, que **tenien molta enveja del nostre viatge**, s'han posat molt contents, perquè, *ja se sap*, tothom vol que els altres siguin molt feliços, però només una miqueta, **si ets massa feliç els altres es molesten.** Suposo que per això en Fuet ens ha omplert de deures, perquè els nostres companys de classe no se sentissin tan desgraciats perquè ells no van de creuer.

Al vespre, **casa nostra és un caos total.** En Manel s'ha tancat a la seva habitació

i ha dit que no en sortirà fins que no haguem marxat tots. I no el culpo, té raó. **Les vuit maletes de la meva mare ocupen tot el menjador,** o sigui que hem sopat a la cuina, tots apilotats. Al rebedor hi ha una **planxa de surf** que la meva mare ha regalat al meu pare perquè se l'endugui al creuer.

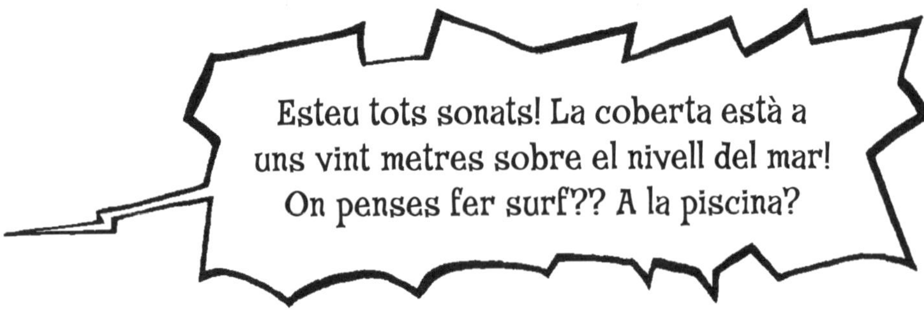

... ha cridat en Manel, abans de tancar-se a l'habitació.

Ja l'hi he dit a ta mare, geni! Et penses que sóc tonto? Però diu que la baixarem a la platja quan arribem a port. Jo què sé! A mi mentre no me la faci carregar, que faci el que vulgui! Estic d'aquest creuer fins a la barretina! I no ha ni començat!

Quan he portat la meva bossa al menjador amb les coses que havia escrit a la meva llista, **la meva mare ha posat el crit al cel:**

On vas amb tots aquests trastos! No veus que no hi cabrem?

I és que sempre **té aquella manera tan peculiar de mirar-se les coses**, depenent de si mira el que fa ella o mira el que fan els altres.

Primer volia fer-me deixar totes les coses altament imprescindibles que havia col·locat a la meva motxilla, però aleshores s'ha recordat que no havia posat les pestanyes postisses al necesser i ha marxat i s'ha oblidat de mi.

No he dormit en tota la nit.

4. DIA 1. EMBARQUEM!

El pare de la Lis ens ha vingut a buscar amb el seu cotxe a les sis del matí.

Ha vingut amb la mare de la Lis i també amb l'àvia, que anava en pijama i sabatilles. No entenc com es pensa que ens ficarem tots dins aquest cotxet. La meva mare, les vuit maletes, la taula de surf, un escafandre que ha aparegut

al darrer moment, jo **i el goril·la del meu pare**, que quan ha vist el cotxe s'ha posat a remugar.

Quina mena de cotxe és, aquest?

... ha dit, fluixet, a la meva mare. Però jo l'he sentit, és clar.

Deu ser un cotxe xinès.

... ha dit la mare, que, **de cotxes, hi entén tant com de cuina.**

El pare de la Lis, tot somrient, ha sortit del vehicle.

—Bon dia a tothom! —ha dit, amb el seu accent xinès del barri—. Aquest és el teu client! —ha dit al meu pare, donant uns copets al capó del cotxe.

—Ah! Tindré un client nou, doncs? Mira que bé! —ha contestat el meu pare.

La Lis i jo hem intuït el perill immediatament i ens hem posat a cridar:

Hauríem d'anar marxant!

Aleshores els pares han començat **la increïble operació de ficar-ho tot dins el minicotxe del pare de la Lis.** La taula de surf ha anat lligada amb cordes al sostre del cotxe. La mare i l'àvia de la Lis s'han assegut al davant, l'una a la falda de l'altra. Darrere, la meva mare, a la falda del meu pare; la Lis, a la meva falda, i jo, assegut sobre dues maletes i amb el cap torçat contra el sostre del cotxe. Les altres sis maletes, repartides pel maleter, als peus del meu pare, sota el cul del pare de la Lis, que conduïa, i als peus i sota el cul de la mare de la Lis.

És el pitjor viatge en cotxe de la meva vida; això sí, sabent que no serà gaire llarg i que el que ens espera al final és un creuer de luxe! Així, tot passa més fàcil!

No trobem gens de trànsit perquè és molt d'hora, i **la Lis i jo no parem de xerrar** i dir bajanades per por que no torni a sortir el tema del mecànic gratuït i les compres gratuïtes al basar durant una setmana. Si això es destapa abans que surti el creuer, la Lis es queda a port, això segur!

Quan hem arribat al moll, **faltaven unes sis hores perquè sortís el vaixell.** Exagerats que són els meus pares! La Lis i jo estàvem tan emocionats que amb prou feines ens aguantàvem drets i saltàvem d'un lloc a l'altre com propulsats per molles. Fins que **la meva mare ha fet un crit i tots dos hem quedat glaçats.** Tampoc no volem que

s'enfadi abans de pujar! Un cop siguem a alta mar, ja estem salvats, perquè no ens podran tornar a casa, però, de moment, val més estar-se quietet, no fos cas que m'enviïn a mi a passar una setmana al basar de la Lis!

Hem dit adéu als pares de la Lis, que tenien pressa per anar a endreçar la botiga abans d'obrir, i fins i tot ens hem permès el luxe de treure un mocador blanc per fer adéu, adéu i deixar anar mitja llagrimeta. El meu pare ens ha portat a esmorzar perquè encara faltava una hora per poder embarcar. **Suposo que se sentia generós,** i ens ha dut a un frankfurt davant del port, on ha pres el seu **cigaló** del matí i una **hamburguesa triple**

amb salsa barbacoa. La Lis i jo estàvem tan nerviosos que no teníem gana, però el meu pare ens ha fet empassar un bratwurst, perquè diu que, si no, ens marejarem dalt del vaixell.

A l'hora d'embarcar, uns senyors molt amables ens han donat unes etiquetes per col·locar a les maletes i n'hem hagut de demanar d'extres perquè només ens n'havien donat quatre i **nosaltres en portem tres-centes mil, de maletes.** Ens han fet una foto, hem hagut d'omplir uns papers i, finalment, ens han donat una targeta amb un color i un número, i aleshores ens han fet passar per sota dels arcs de **detectors de metalls.** Hi havia unes instruccions molt clares que deien que ens

havíem de treure els cinturons i els anells, però **quan ha passat la meva mare ha pitat tota.**

Ai, el cinturó!

Ui, els anells!

... ha dit la mare després quan ha tornat a pitar.

Ai, és que duc una estatueta de sant Elm, que és el patró dels navegants, per si ens enfonsem...

I s'ha tret l'estatueta de sota la brusa, que duia lligada amb un cordill a la cintura.

Quan ha passat el meu pare i tot ha pitat, ha dit:

Els senyors ens miraven d'una manera estranya, perquè ells no devien saber que **el meu pare sempre, sempre, sempre que surt de casa s'endú el comandament de la tele.** Fins i tot quan anem a fer una barbacoa. Diu que no se sap mai, que s'ha d'anar preparat, però, és clar, el personal del vaixell això no ho sabia.

Aleshores hem passat les bosses de mà pels raigs X. Una senyora de la tripulació, que s'assemblava a la meva àvia però molt més antipàtica, ha demanat al meu pare que obrís la bossa perquè hi veia una cosa que no podia identificar. **El meu pare primer ha intentat oposar resistència,** però quan

ha vist que no el deixarien pujar, ha allargat la seva bossa tot remugant.

—Què és això?? —ha dit la senyora, i ha tret un tub telescòpic que ha anat obrint i allargant.

—La canya de pescar. Què, si no? —ha contestat el meu pare, sorrut.

—Però... què pensa fer, amb això, **home de Déu??** —li ha dit la senyora, que no s'hi devia haver trobat mai.

—Doncs... pescar? —ha contestat el meu pare.

—Des del vaixell?? —ha dit la donota—. S'adona que necessitaria uns quaranta metres de fil? Això no està permès!

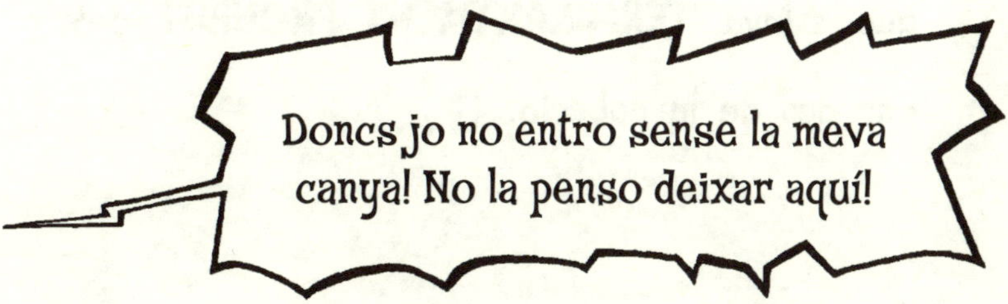

Ha dit el pare.

La meva mare ha fet un crit de terror, com si hagués vist un ratolí, perquè deu haver vist perillar el viatge. La dona ha dit "**Esperin un moment**" i ha marxat. Havíem provocat un embús increïble i la gent darrere nostre ens escridassava perquè, com nosaltres, també tenia unes ganes tremendes de començar les seves vacances de luxe.

Al final, quan la dona ha tornat, ens ha dit que podíem entrar la canya de pescar, però que estava **TERMINANTMENT PROHIBIT** pescar des de la coberta.

Ara, la taula de surf sí que no hi ha hagut manera de passar-la, però m'ha semblat que el meu pare estava més aviat alleujat.

Finalment hem entrat dins el vaixell i un desplegament de cambrers amb guants blancs i una **BANDA DE *MARIACHIS*** ens esperaven per acompanyar-nos a les nostres cabines: dues, una per als meus pares i una per a la Lis i jo. **QUE BÉ!**

Hem trobat, sobre el llit, el programa d'activitats per als propers dies: sopars de gala, festes de disfresses, concurs de karaoke i, **"OH!"**, ha cridat la meva mare:

La panxa m'ha fet un tomb. **Sempre em passa, sempre!** L'estómac és la part més sensible i intuïtiva del meu cos, i sempre sap quan arriben els problemes i les aventures. Tot el que el paté d'escopinyes en escabetx no ha

aconseguit en totes aquestes fastigoses setmanes, ho ha aconseguit aquesta frase tan senzilla de la meva mare. Li ho he vist a la cara, que això ens portaria problemes. **Ells no la coneixen! Posar un repte així a ma mare!**

I ha tornat a cridar:

Mireu, un concurs de disfresses! JO VULL guanyar aquest concurs! I mireu el premi! Una vetllada amb el capità! Us prometo... us prometo... us prometo... que si guanyo aquest concurs... US REGALO UNA BICICLETA AMB SIDECAR perquè pugueu anar junts pel barri!

En aquest moment, la Lis i jo hem sabut que el nostre viatge tenia un motiu, i que si això fos una pel·lícula es titularia **DOS MOCOSOS I UN DESTÍ (FATAL).** Ho veieu, oi?

5. MENJAR MEXICÀ SOBRE FÚCSIA

La Lis i jo hem passat la resta del dia explorant el vaixell. **És la cosa més gran que he vist mai de la vida!** Té sis restaurants: un de xinès, un de mexicà, un d'indi, un de mediterrani, un d'hamburgueses i una pizzeria italiana, un casino, tres bars, dues discoteques, dos gimnasos, tres piscines i un teatre per a mil sis-centes persones! **No faig broma!** El

millor de tot és que és tan i tan gran que no ens hem trobat amb els meus pares ni una sola vegada!

A l'hora de dinar sí que ens hem trobat davant de les cabines per decidir a quin restaurant anar. El meu pare volia anar a menjar hamburgueses, però la meva mare li ha dit que

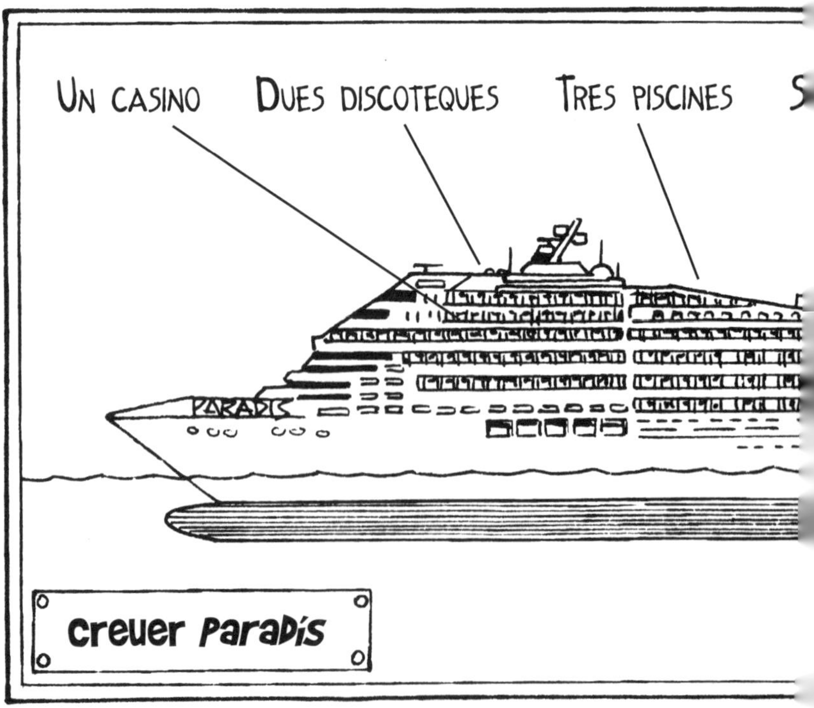

això ja ho mengem al frankfurt de baix i que havíem d'aprofitar per tastar coses noves. Ella volia anar al xinès, però el meu pare ha fet cara de fàstic i la Lis ha fet cara d'"**oh no, xinès, no!**". Així que ens hem decantat pel restaurant mexicà, i hem promès al meu pare que hi trobaria alguna cosa bona de carn per menjar.

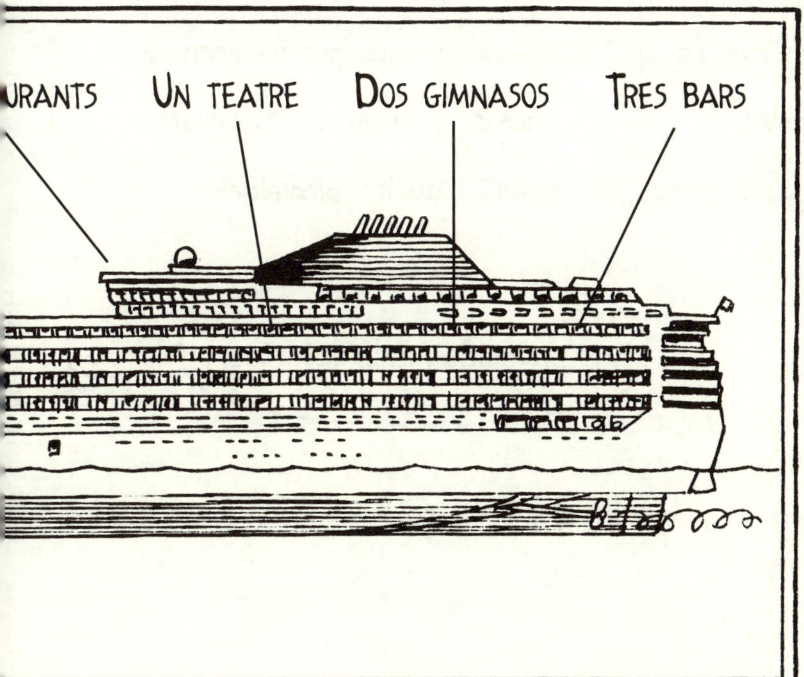

Mare meva quin luxe més asiàtic! **Mai de la vida no havia anat a un restaurant que no fos el frankfurt de sota de casa.** Bé, mentida, una vegada vaig anar a una pizzeria, no vull ser injust. Però res de semblant al restaurant mexicà! Els cambrers i les cambreres anaven vestits de mexicans, amb molts colors i flors i barrets, i tot el restaurant estava decorat amb cactus. Les parets eren de color turquesa i fúcsia, i hi havia fotografies pertot arreu del desert i de les piràmides.

Les piràmides dels asteriscs.

... ha dit el meu pare.

De l'Astèrix?

... he dit jo.

Dels asteques!

... ha dit la Lis, que **és la més llesta, De molt,** i no s'ha endut un cop de tovalló perquè el meu pare encara no li té confiança, però jo crec que d'aquí a un parell de dies ja no se n'escaparà.

La meva mare mirava al seu voltant i deia **"Aaaaahhhhh!"** i **"Oooo0hhhhh!"**. S'havia posat un vestit rosa fúcsia que feia que gairebé no se la veiés, perquè quedava camuflada amb

la paret. La Lis estava increïblement al·lucinada perquè tampoc no havia estat mai en un restaurant, i molt menys mexicà, i ho mirava tot amb uns ulls com plats. Bé, és un dir, és clar, tenint en compte que els ulls de la Lis no són ben bé rodons, sinó que són com una ratlleta múrria, però no es perden ni un detall, això sí!

Quan ens han dut la carta, el meu pare hi ha donat un cop d'ull i de seguida ha cridat el cambrer per demanar-la en català. **El cambrer li ha dit que la carta estava en català.** El meu pare se l'ha tornat a mirar amb aquella cara que fa quan creu que algú li està prenent el pèl.

—I *tacos*, què vol dir?

—Són unes *tortillas* de blat de moro amb verdures a dins, a més a més de vedella, pollastre o...

—Tortillas? Deu voler dir truites?

—No, vull dir *tortillas* —ha dit el cambrer, que s'estava posant tens.

—Però ha dit *tortillas*...

—Menjarem *fajitas* —ha dit la meva mare, intentant posar pau.

—Què són *fajitas*? Per què aquest senyor ens diu que la carta està en català si està en mexicà?

... ha dit la Lis, i us asseguro que la mà del meu pare ha anat a agafar el tovalló, però s'ha aturat al darrer moment. Ho veig, **la Lis no se salvarà d'un bon cop de tovalló abans no acabi el creuer.**

Menjarem *tacos* i *fajitas* i *enchiladas*, i per als nens, dos tequiles.

... ha dit la meva mare.

Dos tequiles? N'està segura?

... ha dit el cambrer.

—Sí, això de la llista que és al final...

—Això són begudes alcohòliques, senyora —ha dit el cambrer, tot vermell—. **Jo potser els agafaria alguna cosa per menjar.**

La meva mare que **no és persona que s'intimidi davant de ningú,** i menys quan està enmig d'un creuer de luxe vestida de fúcsia contra una paret fúcsia i se sent la dona més glamurosa sobre el planeta Terra, ha dit:

Doncs vostè mateix.
Porti el que li sembli, però
que sigui senzillet, que aquests
nanos no aprecien res.

Quan ha arribat el menjar, el meu pare s'hi ha abraonat, perquè ell ja ho té, això, que és un gana. El cambrer ha fet un intent

d'aturar-lo i explicar-li què tenia al plat, però el meu pare ja s'havia entaforat mig plat a la boca. El cambrer ha dit:

I ha marxat corrents.

El meu pare s'ha posat lila i morat, i els ulls semblava que li volien sortir de les òrbites. Obria la boca com un peix fora de l'aigua i semblava que s'ofegava. **La meva mare ni s'ha immutat.** Jo crec que ja tenia la vista tan distorsionada de tant de fúcsia que no ha vist que el meu pare també es començava a confondre amb la paret. El cambrer ha arribat derrapant amb un got d'aigua i l'ha donat al meu pare, que se l'ha tirat ganyot avall.

Volia dir-li que anés amb compte, que pica molt...

... ha dit el cambrer.

Al meu pare li saltaven les llàgrimes, i **la Lis i jo ens hem esforçat molt perquè no se'ns escapés el riure,** perquè el meu pare, quan fa el ridícul, que és molt sovint, si veu que rius, el mínim que et pot passar és rebre un cop de tovalló o la seva especialitat, el calbot arran de cap, que és un calbot que baixa en picat i després passa just per sobre dels cabells, "**fiuuuuuu**", estirant-los, i fa molt de mal!

El dinar ha estat realment molt entretingut, i la Lis i jo volíem repetir al vespre també, però el meu pare ha dit que mai més, **MAI MÉS,** no tornarà a trepitjar un restaurant mexicà.

Quan sortíem, **ha passat una cosa que jo em pensava que només passa al nostre barri**, però es veu que no, que als llocs luxosos també passa. Al meu barri és bastant normal que et tirin un ou per la finestra, o que et facin la traveta pel carrer, o que **un gos se't faci pipí al casc de la moto**, però no sé per què em pensava que els rics no acostumen a fer aquestes coses. Doncs sí, els rics també es fan travetes i també es deuen tirar ous per la finestra.

Quan sortíem del restaurant, **la Lis ha relliscat i ha caigut de cul per terra.** Tot hauria quedat en una anècdota sense importància si en caure no s'hagués volgut agafar

a les estovalles de la taula que tenia més propera i no hagués caigut tot per terra. Això tampoc no hauria estat tan especial; al capdavall, **d'accidents, en passen constantment, i pertot arreu, fins i tot als creuers de luxe.** Però el cas és que **jo he vist el que ha passat**, encara que ningú més no se n'hagi adonat. La meva mirada s'ha encreuat amb la de dues nenes d'una taula propera que reien com boges. **Semblaven posseïdes pel diable de tant com reien,**

i he vist que una d'elles duia un fil de niló a les mans on tenia lligada una pell de plàtan que s'afanyava a amagar.

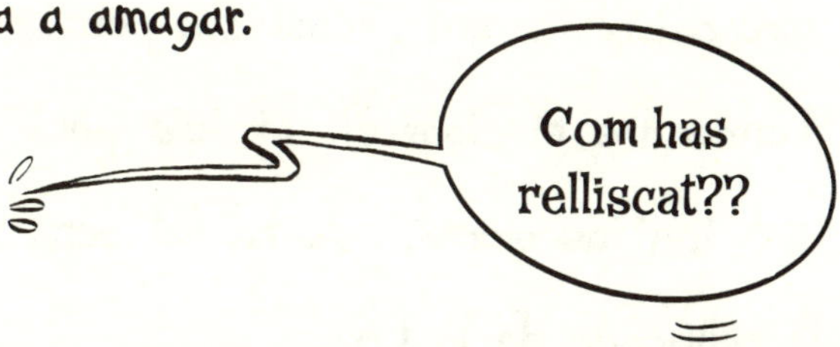

... he corregut a preguntar a la Lis, que **estava tota coberta de *fajitas*** amb salsa mexicana, mentre **la meva mare, vermella com un pigot, feia veure que no ens coneixia** i els cambrers s'afanyaven a recollir tot l'escampall de terra.

La família que s'acabava de quedar sense dinar deia a la meva mare "**no pateixi, no pateixi, ha estat un accident**", i la meva

mare deia que ella no patia gens, perquè no ens coneixia de res. El meu pare ens esperava fora del restaurant i remugava perquè tenia por d'encendre el cigarret. Li feia pànic explotar, amb tant de picant, i no ha fet gens de cas de la relliscada de la Lis.

He relliscat amb una pell de plàtan!
Et juro que hi havia una pell de plàtan!

... ha dit la Lis, avergonyida.

Aquell creuer començava a ser Divertit i jo ja sabia quines eren les dues coses més importants a fer: la primera, que la

meva mare guanyés el concurs de disfresses perquè nosaltres ens poguéssim passejar pel barri amb una bicicleta amb sidecar. La segona, **venjar-nos de les dues nenes endimoniades** que havien fet relliscar la Lis al restaurant mexicà. **Es recordarien de nosaltres, les dues mones posseïdes pel Banyetes!**

6. LES BESSONES DIABÒLIQUES I LA VENJANÇA FALLIDA

La Lis i jo hem passat la tarda buscant les dues malfactores que han fet caure la Lis al restaurant mexicà. Els meus pares han desaparegut a fer la migdiada a la seva cabina i nosaltres hem començat a explorar totes les cobertes per descobrir on s'amagaven, quina era la cabina d'aquelles dues serps. Les trobarem i ens venjarem, perquè això que han fet a la Lis és gairebé **tan lleig com**

Prendre-li la palleta del batut de cacau a un cec. Molt lleig, sí senyor.

Hem caminat per la coberta de baix, fixant-nos bé en totes les persones amb qui ens encreuàvem. **Tothom anava molt ben**

vestit. Tots els germanets i germanetes amb conjunts idèntics, amb els mateixos abrics i les mateixes faldilles, com si sortissin d'una botiga; els pares i les mares amb les seves millors gales; tothom amb l'esquena molt dreta i el somriure impecable per saludar els companys de creuer i els veïns de cabina.

La Lis i jo Destaquem una mica, és clar. Ella, no perquè sigui xinesa, no, sinó perquè du un xandall violeta amb brillantets i unes vambes de color turquesa amb nuvolets blancs. Jo, perquè la meva mare s'ha oblidat de conjuntar-me i porto els meus texans de sempre, amb els pedaços que s'enganxen amb la planxa, que no s'han de cosir, que ella no té temps. No

hi ha ningú més en aquest creuer que dugui pedaços als pantalons, que m'hi he fixat. **Això és un creuer de luxe, caram!**

L'airet del mar és fresquet i la Lis i jo ens sentim una mica cohibits amb tanta aigua! **Tot al voltant nostre és aigua i aigua i més aigua!** Com que la Lis no sap nedar, evita acostar-se a la barana i, al final, li he proposat d'anar a la piscina. Ja que no trobàvem les dues bruixes miserables, seria millor aprofitar el temps per refrescar-nos una estona i veure si la Lis pot aprendre a surar encara que sigui només una mica.

Hem tornat a les cabines a agafar els vestits de bany i els braçals per a la Lis.

A l'habitació dels grans, el meu pare roncava sobre el llit i la meva mare tenia tot de papers al davant.

M'han dut la normativa per al concurs de disfresses!

... ens ha dit, només de veure'ns.

—Necessito guanyar aquest concurs sí o sí. **L'haig de guanyar com sigui!** La cara que farà la Pepi quan sàpiga que he passat una vetllada amb el capità! Es morirà d'enveja!

Ahhh, vet-ho aquí! Aquest és l'únic propòsit de la meva mare! Poder refregar bé a la Pepi que el seu creuer ha estat molt més

espectacular i que fins i tot ha passat una vetllada amb el capità! Almenys nosaltres dos volem que guanyi el concurs per un bon motiu. **Volem la bicicleta amb sidecar!**

—Ai... —ha seguit la meva mare, sospirant i fent volar coloms.

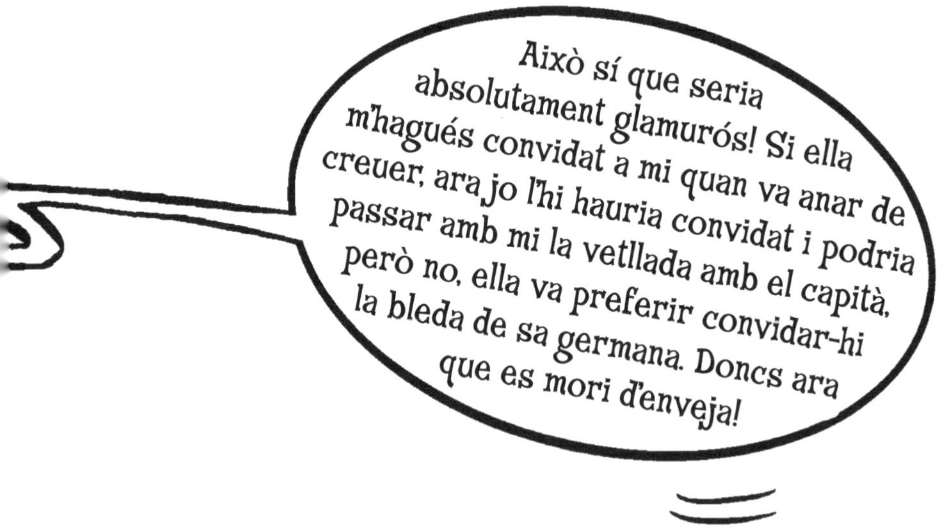

—RRRRRrrrrr!!! —ha fet el meu pare des del llit, en un ronc d'aquests profunds que **sembla que hi hagi un tiranosaure tancat a l'armari.**

Ha! Si ton pare es pensa que m'hi acompanyarà, està llest! Aquest home té la sensibilitat d'un pèsol bullit i encara em faria avergonyir amb les seves maneres! Segur que diria alguna inconveniència! És molt millor que estigui jo sola amb el capità, que segur que apreciarà el meu glamur i les meves idees sobre decoració, noves tendències i organització de festes exclusives. Potser fins i tot em contractarà perquè treballi per a ell! Un capità, imagina't! Deu ser un home elegantíssim, culte, amb aquella gorra que porten que...

I Bla, Bla, Bla... La meva mare seguia i seguia i seguia, i mentrestant nosaltres, que **fèiem veure que l'escoltàvem perquè sempre és millor i queda més tranquil·la,** anàvem agafant els vestits de bany i els braçals de les maletes.

—Què cal fer per presentar-s'hi? —ha dit la Lis.

—Ah, és ben senzill! —ha dit la meva mare—. El concurs es diu **La Gran Nit Dels Faraons** i va sobre Egipte, és clar. Has de fabricar-te una disfressa que tingui alguna cosa a veure amb Egipte. I no pot ser comprada! Jo he pensat disfressar-me de... Com es deia??

—De mòmia? —m'he aventurat, però la mare m'ha llançat una sabatilla i m'ha fumut un crit.

No, home, no! De mòmia!!! De Cleòpatra! De Cleòpatra, reina d'Egipte, em disfressaré! Seré l'estrella de la nit i el capità, quan em vegi, caurà de cul!

Així hem deixat la meva mare, imaginant-se la seva gran nit amb el capità, i nosaltres hem anat a la piscina de la primera coberta.

És la piscina més gran que hem vist mai. Però, vaja, que **tampoc no és que haguem vist tantes piscines a la nostra vida...** Concretament, jo n'he vist dues: la del meu barri, que és petita i atrotinada, i no veus mai com és de gran en realitat perquè hi ha tanta gent que no arribes a veure on comença i on acaba, i, molt de lluny, la del parc aquàtic, la vegada que els meus pares ens hi van dur però no vam poder entrar-hi perquè el meu pare s'havia deixat la bossa amb els banyadors i les tovalloles a casa. **I us asseguro que aquesta és la més gran que he vist mai!** La Lis diu que n'ha vist alguna en foto, però que mai no s'hi ha banyat. Així és que ja

us podeu imaginar la il·lusió que ens fa i l'excitació que sentim!

La Lis es posa els braçals i tots dos, d'un salt, ens llancem a l'aigua! **Que valenta, la Lis!** Em pensava que li faria més impressió! Xisclem d'alegria i xipollegem, i, de cop, tots dos alhora, veiem les dues germanes diabòliques, allà, a l'altra banda de la piscina!

... crido a la Lis.

Les dues nenes, que tenen deu o onze anys i que **són idèntiques perquè deuen ser bessones**, estan intentant tornar boja una senyora que pren el sol apareixent-se-li d'una en una, ara pel costat dret de la gandula, ara pel costat esquerre, ara pel costat dret, ara pel costat esquerre. És clar que **la dona es pensa que és una sola nena que es mou a la velocitat de la llum**, per la cara d'esgarrifada que fa. Quan ja l'han marejada

prou, s'aixequen corrents de darrere la gandula, rient com posseïdes, i es van a tirar a l'aigua, xisclant de tant de riure. La dona està vermella i **crida alguna cosa relacionada amb un reformatori infantil**, però no la sentim gaire bé.

Ara és la nostra! Ens venjarem d'aquestes dues impresentables!

... dic a la Lis.

Suposo que no ha estat una bona idea. No ho sé. Jo, una vegada, vaig veure una pel·lícula on uns nois volien fer una broma a un amic i li abaixaven el vestit de bany sota l'aigua i **marxaven corrents enduent-se-li el**

Banyador i deixant-lo despullat dins la piscina. Em va semblar divertit, la veritat. Però no sé què passa, que a mi aquestes coses no em surten gaire bé...

La Lis i jo **ens hem acostat a les nenes sigil·losament,** que és una paraula que vaig aprendre una vegada i que m'agrada molt. Anàvem per sota l'aigua, jo amb tot el cos i la Lis només amb el cap, perquè els braçals no la deixaven enfonsar-se. Ella se'ls posa encara que siguem a la part de la piscina que no cobreix, així se sent més segura. **Potser si m'hagués recordat d'agafar les ulleres de busseig hauria pogut veure millor el que feia.** Me n'haig de recordar, la propera

vegada, si hi ha propera vegada i no hi acabo jo, en un reformatori infantil.

Les nenes duien unes calcetes de bany vermelles amb floretes verdes i les teníem ben ubicades, allà sota l'aigua. Però **no paraven de moure's, i això també ha estat el problema.** La Lis i *jo* hem tret el cap fora de l'aigua per agafar aire. Ella s'havia d'ocupar de la nena de l'esquerra i *jo* de la nena de la dreta, però no sé què ha fallat. Ens hem fet un embolic. **Hem dit un, dos, tres, i ens hem capbussat** i hem buscat el nostre objectiu davant dels ulls, però, quan hem sortit a la superfície, la Lis m'ensenyava triomfant un vestit de bany d'una dona esprimatxada que

cridava com una boja, i jo duia a les mans un vestit de bany vermell, de senyor, i **hi havia un home molt pelut que em perseguia per la piscina**, i hem nedat tan de pressa com hem pogut, però a mi el vestit de bany vermell del senyor em molestava per nedar i, vaja, que ens han atrapat de seguida.

Quan **el vigilant de seguretat** de la piscina ens ha acompanyat a la cabina dels meus pares, agafats per una orella, només ressonaven dins el meu cap els riures histèrics de les dues germanes del dimoni.

Ha estat molt vergonyós, i la meva mare s'ha enfadat moltíssim amb mi i m'ha cridat que si li volia arruïnar les vacances, per un cop a la vida que guanya alguna cosa! **El meu pare només volia saber si ens posarien una**

multa, i quan ha sabut que no, que no ens farien pagar res, ha agafat la revista de motos i ha dit que anava a la sala d'esports a llegir una estona. La meva mare s'ha enfadat tant que he pensat que ens llançaria per la borda, a mi i a la Lis. S'ha disculpat mil vegades davant del vigilant de la piscina i **li ha jurat que mai de la vida no havia passat tanta vergonya** (jo crec que sí, que hi ha hagut vegades pitjors, però tampoc no era el moment de fer-li'n memòria).

Gairebé ens quedem castigats sense sopar, però la meva mare ha dit que seria una pena, que **ja que ho tenim tot pagat,**

hem d'aprofitar per menjar tot el que puguem i que ja trobarà una altra manera de castigar-nos, així que, amb les orelles més grosses del que és habitual, ens hem anat preparant per anar al restaurant, perquè avui és **el Gran Sopar de Gala!**

7. EL GRAN SOPAR DE GALA... BEN MERDÓS

Ahir a la nit, quan vam entrar al menjador on s'oferia el Gran Sopar de Gala, la Lis i jo ens sentíem uns grans aventurers. **Viatjàvem en un dels vaixells més grans del món mundial, de camí cap a un país desconegut, Tunísia** —és clar que això, en el nostre cas, no té gaire mèrit, perquè no coneixem cap país que no sigui el nostre—,

vestits com a les pel·lícules, amb cambrers que ens feien reverències en entrar i **que ens duien als nostres llocs com si fóssim els Reis d'Orient o així.** De fet, la Lis podria ser una reina d'Orient.

Jo m'havia posat la meva roba de gala, o sigui, la corbata i la gorra de capità. A l'entrada del restaurant em van dir que el concurs de disfresses era un altre dia. Vaig haver d'insistir una mica perquè em deixessin entrar. **La meva mare només s'havia preocupat de posar-se guapa a ella mateixa** i no m'havia ni mirat. Suposo que per això no es va adonar que duia la corbata sobre la samarreta.

La Lis anava guapíssima, amb un vestit de princesa que segur que havia tret del basar. Li vaig voler treure l'etiqueta amb el preu, que li penjava per darrere, però em va dir que no, que els seus pares **l'hi havien deixat treure de la botiga amb la condició que el tornés amb l'etiqueta,** que així el podien tornar a posar a la venda.

El meu pare s'havia posat el conjunt de tennis, però la meva mare li va fúmer un crit i li va dir que de cap manera, que allò no era per al Gran Sopar de Gala, que encara se'l tacaria de quètxup i **ja no podria jugar a tennis ni fer veure que jugava a tennis,** o sigui que es va posar una camisa de ratlles i el seu corbatí daurat amb piquets platejats i **va entrar al menjador lluint una panxa descomunal, ben orgullós.** La meva mare li va dir que les ratlles de la camisa haurien estat millor verticals, perquè horitzontals li feien la panxa més grossa, i crec que tenia raó. Ella duia un vestit impressionant. No perquè fos especialment bonic, perquè el daurat és

un color que a mi no m'ha agradat mai, si no és a les monedes. Era impressionant perquè era tan gran i tan gros i tan ample i tan llarg que **els cambrers van haver d'apartar les taules mentre ella passava**, saludant a dreta i esquerra amb la mà tonta com si fos la reina d'Anglaterra.

El menjador estava preciós, amb unes taules rodones molt grans, parades amb estovalles blanques brodades. **Copes de cristall i tot!** Canelobres, música de violins i un gran llum en forma de cascada de llàgrimes al centre de la sala. Cada taula era per a deu persones, i quan vam arribar a la nostra, la Lis i jo no ens ho podíem creure: **les dues bessones**

infernals eren les nostres companyes de taula, juntament amb els seus pares i una altra parella que anava sense fills.

Els meus pares van saludar els nostres companys de taula i la Lis i *jo* vam seure sense saber on mirar, perquè **les dues nenes horripilants reien tota l'estona** i es fumien de nosaltres a la cara. Anaven vestides i pentinades com als anuncis de la tele, i **els seus pares eren com perfectes,** com uns pares d'aquests de les sèries que tota l'estona somriuen i són guapos i no tenen panxa. Ens van mirar de dalt a baix, sobretot a mi, que em rascava el coll perquè la corbata em picava sobre la pell.

La parella sense fills ens va somriure. La Lis i jo vam seure a la taula rodona. A la nostra dreta seien els pares de les dues nenes malèfiques i després seien elles. A la nostra esquerra, la parella sense fills. Els meus pares van seure al costat de les dues criatures diabòliques.

Al fons del menjador hi havia la taula dels oficials, un munt d'homes i dones vestits amb l'uniforme de gala. Algú que devia ser el capità, oficials, enginyers... **Hi havia tants galons i gorres i ratlles daurades que no sabies qui era qui**, però es veia que eren els que manaven. La meva mare els va dirigir una mirada entusiasmada i va saludar amb la mà, fent la coqueta.

La Lis em va prémer la mà per sota la taula i em va mirar. **Crec que estava tan emocionada que no li sortien ni les paraules!**

—Aixxxx! —va sospirar la meva mare encreuant les mans i dirigint-se a tota la taula.

... va dir, preguntant als altres adults de la taula.

—No, i ara! —va riure la mare de les diabòliques—. Nosaltres venim cada any. Ens

en-can-ta! Oi que sí, amor? —va dir agafant la mà del seu marit per sobre de la taula.

La meva mare **es va posar tota rígida** i, agafant la mà del meu pare, va dir:

Nosaltres ens estem plantejant de venir-hi dos cops cada any perquè ens encanta l'experiència, oi, vida?

—Vida, qui? —va dir el meu pare, amb cara de pallús.

—Tu, vida, tu! —li va dir la meva mare prement-li la mà.

—Dos cops l'any? —va dir el meu pare—. Tu et deus haver tornat boja! Jo no penso

menjar mai més **GAMBRIL** ni **XIXOVES,** i molt menys paté d'escopinyes en escabetx, perquè... —però no va tenir temps d'acabar, perquè **la meva mare va fer una riallada histèrica** i va picar de mans mentre cridava:

AAAAaaaaahhhhh!!! HAHAHAHAHHH!
QUIN CAS, AQUEST MARIT MEU!
AAAAAhhhhh! És un bromista
empedreït!

—Jo no he entès la broma —va dir una de les nenes malèfiques, però la seva mare de seguida li va posar una mà sobre el braç i li va dir "**reina...**", que és la manera que té la gent

fina de dir "**calla ja, casumtot**" als seus nens.

Després d'això, la parella sense fills va començar a fer una mena d'interrogatori a la resta d'adults de la taula: que d'on venien, que de què treballaven, que quina edat tenien els nens, que si la nena era germana meva...

—Ui, no, la nena no és nostra! —va dir la meva mare horroritzada—. **És una amigueta *xineta* Del nostre...**, mmm..., fill —i, per un moment, em va semblar que anava a dir "**Del nostre orellut**". No li ho hauria perdonat mai.

—I així, a què es dediquen? —van tornar a preguntar.

Els pares de les diabòliques eren metges. Ella era cardiòloga i ell feia operacions d'estètica. Les dues nenes, mentrestant, ens donaven cops per sota de la taula, coces, cops de peu, vaja, sense cap mena de vergonya. **Reien per sota el nas i s'allargaven per arribar a tocar-nos,** jugant a veure quina d'elles ho feia més fort. Els seus pares feien veure que no se n'adonaven. Jo estava a punt de dir alguna cosa, però va començar a arribar el menjar.

... va dir la meva mare.

Els cambrers deixaven safates d'entrants sobre la taula i el meu pare, abans que toquessin les estovalles, ja s'hi llançava al damunt. **La meva mare va provar la tàctica de la mare diabòlica**, posant-li suaument una mà sobre el braç i dient-li "**vida...**", per veure si el meu pare es donava per al·ludit i esperava que tothom comencés, però va ser pitjor, perquè ell ja tenia la boca plena i va fer una mena de:

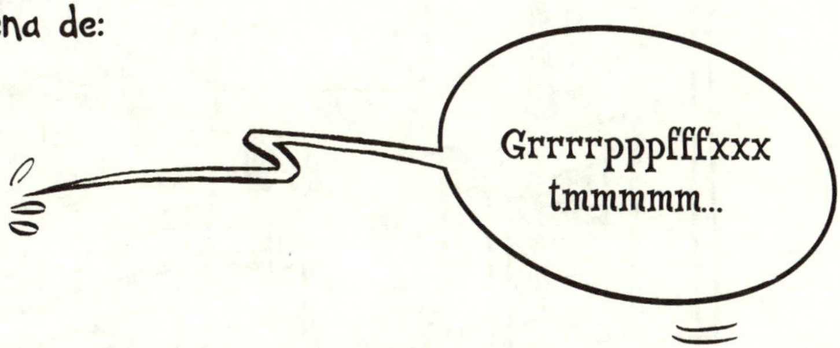

Aleshores, ella, per dissimular, va començar a explicar coses de la nostra vida.

—Vivim en un barri molt especial, exclusiu, molt a prop del mar. Des de casa veiem optimists, els vaixells com passen, els creuers, els velers i els..., hummm..., optimists, i els surfs, també.

Què carai s'empatollava? Des de l'habitació dels meus pares es veu un trosset de mar que deu estar a uns quinze quilòmetre de distància, i **per veure'l has d'allargar molt bé el coll,** després girar el cap com si el volguessis descargolar i, sobretot, haver tingut la sort que sigui un dia que la veïna no hagi estès els llençols, perquè, si no, res de res. Era clar que volia impressionar.

Jo sóc l'encarregada d'uns magatzems molt exclusius del centre de la ciutat. M'ocupo de tot, de tot! De fet, si jo plegués, haurien de tancar, no sabrien què fer!

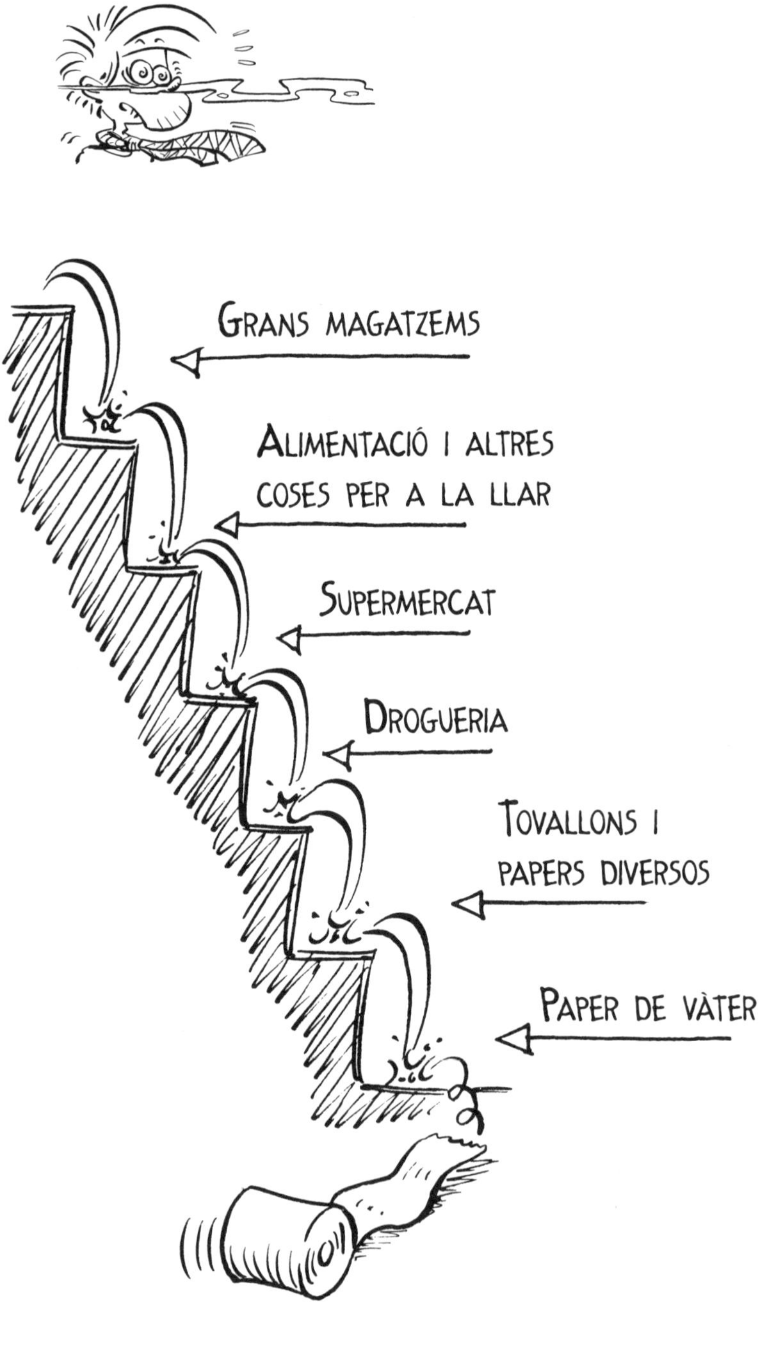
Grans magatzems
Alimentació i altres coses per a la llar
Supermercat
Drogueria
Tovallons i papers diversos
Paper de vàter

Bé, d'imaginació, a la mare, no li'n falta, és clar. Per més que s'hi encaparri, només és l'encarregada de la secció de **"Paper De vàter"** que hi ha dins la secció de **"Tovallons i Papers Diversos"**, que hi ha dins la secció de **"Drogueria"**, que hi ha dins la secció de **"Supermercat"**, que hi ha dins la secció d'**"Alimentació i altres coses per a la llar"**, que hi ha dins els Grans Magatzems. D'aquí a dir que és l'encarregada dels Grans Magatzems, potser ha exagerat una micona.

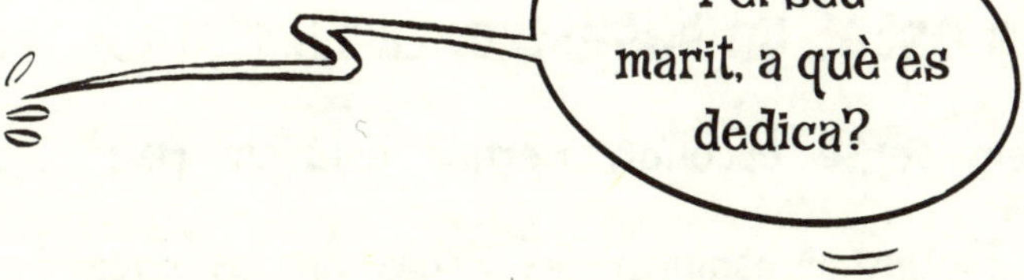

... va preguntar la mare cirurgiana de les diablesses, que **ens estaven matant a coces per sota de la taula.** La Lis i jo aguantàvem com podíem, intentant que no ens caiguessin els entremesos.

La meva mare es va embrancar a parlar de la feina del meu pare **dient tota mena d'animalades** sobre el seu taller: que si és el més gran de la ciutat, que si li porten a reparar totes les limusines dels famosos... **Jo què sé!** De totes maneres, millor que parlés ella, perquè **el meu pare tenia la boca tan plena que hauria estat un desastre.** La Lis i jo escoltàvem sense escoltar, perquè estàvem pendents d'intentar esquivar les coces de les dues

repel·lents, i obríem i tancàvem les cames per veure si ens en podíem estalviar alguna.

Es pot saber què feu?? Quin budell se us ha trencat? No podeu estar-vos quiets?

... ens va cridar el meu pare en un moment en què tenia la boca buida.

Jo me'n vaig afartar i vaig voler llançar una coça a cegues a les nenes horripilants, però vaig fallar. Ho vaig saber quan el meu pare va xisclar:

Aaaaauuuuu!

I va escopir el canapè sobre el plat.

—Oriol, nas de mocs, **t'has tornat Boig??** —va cridar, tot llançant-me el tovalló, molt enfadat, i tot el menjador es va girar a mirar-me.

La Lis va abaixar el cap, mirant cap al seu plat, i jo vaig notar com em posava vermell fins a les arrels dels cabells. La meva mare va dir "**vaig a retocar-me el maquillatge**" i va desaparèixer.

Per què sempre m'han de sortir malament totes les coses que intento? **És això el que en Diuen justícia Divina?** Per què aquelles dues mocoses horribles podien estar-nos omplint les cames de blaus i no els passava res i si ho intento jo l'espifio?

Els nostres companys de taula, afortunadament, van fer veure que no passava res, i com que va arribar el cambrer amb les safates de carn, el meu pare es va oblidar de mi.

La meva mare va tornar i, com si res no hagués passat, va demanar a la parella sense fills a què es dedicaven.

—Jo sóc veterinària —va dir ella.

Les nenes es van posar a fer sorolls d'animals. Si jo hagués fet això, m'hauria caigut un calbot que m'hauria fet trontollar les orelles, però elles no. Els seus pares van fer veure que no ho sentien.

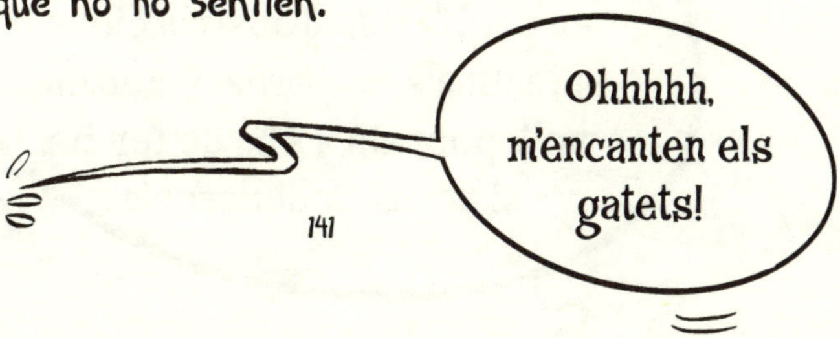

Va dir la mare de les diabòliques.

Ohhhhh, jo em moriria per tenir un gosset!

... va dir la meva mare, **la molt mentidera,** que no suporta que cap animal s'acosti a menys de trenta metres de casa meva.

—A mi només m'agraden els porcs —va dir el meu pare—, i millor si són a la **Barbacoa!** —i es va posar a fer unes riallades tan tremendes que tota la panxa li tremolava.

Justament em dedico als porcs. Sóc gastroenteròloga, especialista en problemes d'obstruccions intestinals en porcs. Pateixen molt, pobrets, i s'ha de fer bé, si no, es poden morir.

Va dir ella.

Es va fer un **silenci incòmode** a la taula. Sobretot per part dels grans, que no sabien què dir. Algú es va quedar amb el menjar a mig arribar a la boca. En canvi, els nens, estàvem molt interessats a fer tota mena de preguntes. **Com és la caca de porc?** De què se'ls embossen, els intestins? Com es desembossen els intestins de porc? És veritat que els fuets són intestins de porc farcits de carn i de greixos? Però la mama de les nenes va tornar a posar la mà sobre el braç d'una d'elles i va dir "**... reina**", i a nosaltres **la meva mare ens va clavar una mirada fulminant de raig ultracongelat,** que és una

mirada que té el poder de deixar-te glaçat i immòbil. És la seva especialitat.

—Jo sóc enginyer tècnic —va dir ell.

—Ohhhh! —va dir la meva mare, encantada—. Un enginyer!

—Em dedico al disseny de robots autoportants de **DESEMBÓS DE CLAVEGUERAM I BUIDAT DE FOSSES SÈPTIQUES.** De fet —va dir, posant una mà sobre la de la seva dona i mirant-la amb ulls d'enamorat—, treballem del mateix, es pot dir. Ens vam conèixer en unes jornades sobre **GASOS VOLÀTILS PROVINENTS DE FEMTES I EXCREMENTS SÒLIDS I LÍQUIDS.** Unes jornades interessantíssimes, val a dir.

Ara sí que tothom va quedar mut. Els pares de les diabòliques van apartar el plat de menjar de davant seu, dissimuladament, i **Diria que la Dona tenia un color verdós a la cara.** El meu pare va dir:

La meva mare feia cara de voler morir-se en aquell mateix moment, i, la veritat, no entenc per què a la meva mare li fa vergonya dir que s'encarrega de la secció de "Paper de vàter" i que el meu pare és mecànic de cotxes. **Hi ha coses dels grans que no entendré mai.**

Ningú no va dir res més en tot el sopar, a part de parlar del temps, de les onades, de la brisa marina i coses d'aquestes sense cap importància que es parlen als ascensors quan no saps què dir.

Les Diabòliques estaven especialment quietes, els violinistes tocaven entre les taules i el sopar arribava a la seva fi. **Quina**

cosa més avorrida! Si almenys haguéssim pogut venjar-nos de les endimoniades! Si almenys hagués pogut preguntar als nostres companys de taula algunes **coses que sempre he volgut saber sobre les caques i els pets...**

Per fi es va acabar aquella llauna de sopar i vam poder aixecar-nos per anar a dormir.

... va preguntar la meva mare en un intent d'acomiadar-nos amigablement.

Oh, i tant! Cada any guanya algú de la nostra família!

... va dir la mare de les bessones malèfiques.

Segur que aquesta frase va ser suficient perquè la meva mare, si encara en tenia algun dubte, sabés que aquest era el darrer objectiu de la seva vida: **guanyar el maleït concurs.**

Les diabòliques no ens perdien de vista amb una mirada molt estranya. Estaven vermelles i s'aguantaven el riure, i la Lis em va dir a l'orella:

—Aquestes dues estan tramant alguna cosa.

I de seguida vam saber què. Quan ens vam posar dempeus i ens vam acomiadar dels companys de taula dient "bona nit, bona nit", **el meu pare i el desembossador de clavegueres van perdre l'equilibri**, junts, i van anar a parar per terra, l'un damunt de l'altre, arrossegant, per segon cop aquell dia,

les estovalles de la taula i fent-ho caure tot per terra.

Les diabòliques es cargolaven de riure, la meva mare es posava les mans al cap i **tot el menjador ens mirava.** Aleshores la Lis, que ja us he dit que és molt llesta, em va dir:

Els han lligat els cordons de les sabates! Fixa-t'hi! El teu pare i el desembossador tenen les sabates lligades entre elles!

Les diabòliques havien tornat a actuar davant els nostres nassos!

El pitjor va ser quan **el meu pare, furiós, es va aixecar de terra i va cridar:**

Lis i Oriol,
HEU BEGUT
OLI!

8. CASTIGATS A TUNIS

I avui, és clar, **estem castigats i odiem les Bessones Diabòliques** perquè arribarem al primer país estranger que visitem a la nostra vida amb un càstig al clatell.

Ahir a la nit la Lis i jo vam anar a dormir a la nostra cabina i vam passar bona part de la nit pensant quin seria el càstig que el meu pare s'inventaria per a nosaltres. Però

també estàvem excitats, perquè l'endemà, avui, arribaríem a Tunísia, un país meravellós ple de palmeres i dromedaris, i ple d'homes amb vestits llargs i babutxes. Res del que pogués imaginar el meu pare ens espatllaria **la nostra primera visita a un país exòtic!**

Abans de baixar per primer cop del vaixell, una guia ens ha explicat què trobaríem a la ciutat de Tunis. **La Lis i jo no ens podíem aguantar les ganes que teníem de baixar al port,** on el vaixell ja havia atracat. De lluny vèiem les palmeres i una munió de gent que omplia el port. Amb tot, el meu pare encara no havia mencionat quin seria el nostre càstig, i la meva mare només pensava en la

roba que es compraria per fer-se la disfressa de faraona amb què guanyaria la seva vetllada amb el capità del vaixell. **La Lis es movia com si tingués pipí, de tan nerviosa com estava,** i jo feia saltets mentre escoltava la guia, que ens recomanava que lloguéssim l'excursió que el creuer ens tenia preparada per aprofitar al màxim el temps.

Declamava la guia.

—Un museu?? —ha dit el meu pare, perquè el sentíssim només nosaltres—. Jo no m'he afartat de **GAMBRIL** per venir a visitar museus!

—Ni jo! —ha dit la meva mare—. Jo vull passejar pels mercats i **comprar-me la tela per fer-me la disfressa de faraona!**

Jo crec que va ser en aquell moment que al meu pare se li va encendre la llumeta:

Vosaltres dos! El vostre càstig serà acompanyar la vostra mare tot el dia i portar-li les bosses.

I les ruïnes de Cartago?

He preguntat jo.

—**Ruïnes, diu!** Si et penses que perdré el matí per anar a veure un pilot de pedres i un museu! Jo me'n vaig a passejar i vosaltres, amb la mare, que **esteu castigats!**

—I, per acabar... —cridava la guia—, una magnífica passejada en dromedari a peu de vaixell!

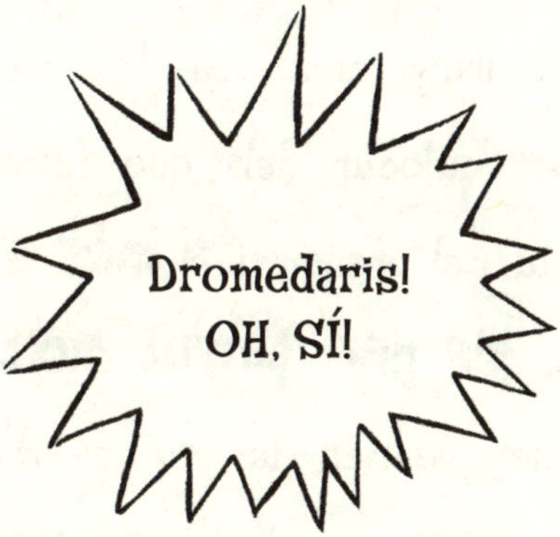

... hem cridat la Lis i jo.

—Podrem anar en dromedari??? —Però el meu pare ja s'havia girat i baixava per la passarel·la cap al moll.

—Ai, millor que no vingui, el vostre pare! —La mare ja parlava com si la Lis i jo fóssim germans—. Només m'amargaria les compres! **Vosaltres m'ajudareu i ho passarem molt bé!**

Allà lluny hem vist les bessones, que pujaven a l'autocar dels que farien l'excursió organitzada pel creuer, i, **a més a més d'odiar-les, els hem tingut molta enveja,** perquè elles veurien les ruïnes d'una de les ciutats més poderoses de l'antiguitat i segur que pujarien en dromedari.

La meva mare ens ha empès passarel·la avall i a mi m'ha encolomat la seva bossa, tot dient-me:

I, dit això, s'ha dirigit cap a la parada de taxis brandant un fullet turístic que havia agafat del vaixell.

—**Qui em porta?!** —cridava—. Qui em porta?!

I de seguida un munt d'homes han aparegut al seu voltant cridant i barallant-se per aconseguir que pugéssim al seu cotxe. **La meva mare ha regatejat, amb les mans, amb els dits, amb les orelles, fins i tot!** No sabia jo que fos tan bona!

—Agafa bé la bossa! —em deia de tant en tant, i jo no veia que cap d'aquells senyors ens hagués de robar la bossa.

Finalment, ens hem enquibit dins un cotxe petitet que no havia vist mai de la vida i que em semblava que era molt antic. La mare, amb el fullet a la mà, ha assenyalat al conductor el lloc on volíem anar. "**Aquí, aquí!**", deia. L'home ha dit que sí i ha arrencat.

Veieu? No sé per què cal estudiar tant i tenir tants idiomes, si a tot arreu la gent s'entén igual! Tant d'anglès i tanta llauna!

Jo em sentia tot estrany que el meu pare no anés amb nosaltres, però a la meva mare no semblava importar-li. Jo seia dins el cotxe amb la Lis al costat, que m'agafava pel braç perquè **jo tenia totes dues mans ocupades**

aferrant ben fort la bossa. Tot i ser la tardor, feia calor, i les palmeres passaven pel costat de la nostra finestra. Hi havia molts homes amb túniques llargues i uns barrets vermells, però molts anaven vestits com la gent del nostre barri. **Les dones duien mocador al cap i túniques llargues, però no totes.** També n'hi havia que anaven vestides com la meva mare. Hem travessat avingudes i carrers i carrerons. L'home ens parlava en àrab tota l'estona sense parar, o també en francès, i la meva mare deia "**Sí, sí, i tant!**", encara que no entengués res. Finalment, s'ha aturat en una avinguda ampla on hi havia un cartell on hem pogut llegir Place de la Victoire, i a sota hi deia el mateix però en àrab. **Bé, potser hi deia el**

mateix o potser no, qui sap. L'home ens ha assenyalat la plaça i el gran arc que hi feia de portalada, i ens ha dit "**Bab el Bahr, Bab el Bahr**".

Hem descobert que **molta gent a Tunísia parla a mitges mil idiomes** i es fan entendre tant sí com no. Així doncs, el nostre taxista ha deixat el cotxe sobre una vorera i s'ha entestat a acompanyar-nos pel soc (o *suq*, com anomenen ells els mercats on es pot comprar de tot i que omplen tots els carrerons de la part antiga de Tunis), amb l'excusa que **un germà seu molt estimat tenia la millor botiga de perfums** de tot Tunis i que ens faria un preu especial. **La meva mare s'ha enlluernat** i ha dit que d'acord, i ens hem aventurat pels racons d'aquella ciutat caòtica i estrangera.

La Lis i jo no sabíem on mirar de tantes coses diferents que vèiem. Intentant no perdre

de vista el taxista ni la meva mare, i **agafant ben fort la bossa,** no ens perdíem res del que vèiem al nostre voltant. **Tothom intentava aturar-nos i vendre'ns coses** mentre caminàvem: dàtils, collarets, catifes, xaixies, que són els típics barrets vermells que porten els tunisencs i que surten a tots els fullets turístics. Fins i tot un senyor ens volia vendre una pell de be! La meva mare ha arrufat el nas i m'ha dit:

I us asseguro que a mi **no em semblava pas que tot allò fos més perillós**

que el meu Barri; de fet, el meu barri, segons a quines hores, és molt més esgarrifós!

Tothom semblava molt simpàtic, i l'única cosa que volien eren que compréssim la seva

mercaderia. Finalment, hem arribat a una botiga i el taxista n'ha obert la porta, tot dient unes quantes frases en àrab als dos homes que seien darrere el taulell. Ens han fet passar a una sala plena de catifes i hem segut a terra, en uns petits bancs. La Lis i **jo no ens podíem creure que fóssim en un país tan exòtic i tan llunyà i tan diferent del nostre barri.** El taxista ha desaparegut. Els dos homes han entrat amb un munt de capses amb ampolletes de perfum i s'han posat a omplir els canells de la meva mare amb gotetes de cada una de les ampolles, fins que **la meva mare ha quedat tan marejada que tenia com ganes de vomitar.**

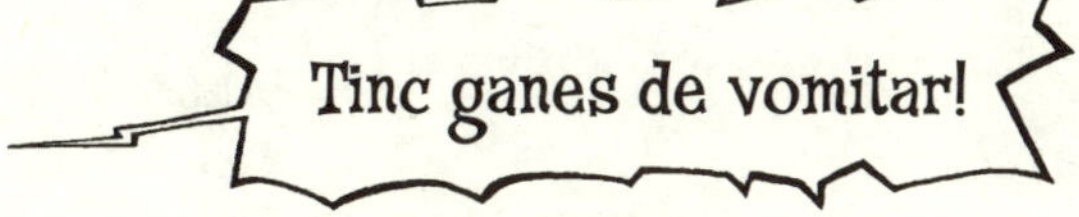

... ha cridat, i la deuen haver entès, perquè de seguida ha aparegut una dona amb una safata i tres gots de te amb menta, un per a cada un.

—Nens, no us ho beveu! **A veure si ens volen enverinar!** —ha dit, fluixet, mentre els dos homes sortien un moment per tornar de seguida carregats de joies i de catifes.

La Lis i jo, però, **Bons aventurers com som, hem volgut tastar aquell te** i l'hem trobat boníssim!

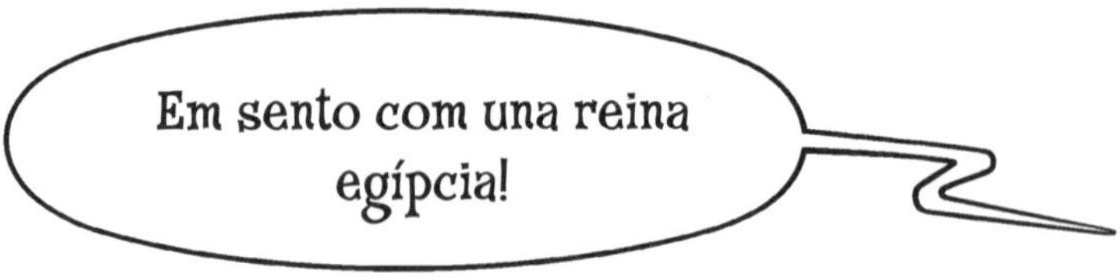

... ha dit la meva mare, mentre l'omplien de collarets i teles, i li intentaven vendre fins i tot la campaneta de la porta de la botiga.

Jo patia, perquè si la meva mare comprava ni que fos la meitat de tot el que li ensenyaven, la Lis i jo tindríem feina a portar-ho tot. Era clar que **si volíem aquella bicicleta amb sidecar, ens costaria un bon esforç.** Finalment, al cap de dues hores, la meva mare ja s'havia decidit, i hem sortit de la botiga amb **tres ampolletes de *kohl***, un mineral en pols negre que fan servir les senyores per pintar-se els ulls —només ha calgut que un dels senyors de la botiga digués a la meva mare que els antics egipcis ja ho feien servir—;

dues ampolletes d'essència de **flor de taronger**; mig quilo de **te verd** per preparar el te a la menta, **tres metres de roba** de diferents estampats per fer-se el vestit de faraona; un **oli que serveix per treure els pèls del bigoti; un altre contra la pudor de peus** —"per al teu pare", ha sentenciat ma mare—; una **catifa** de 3 × 3 metres per a la sala d'estar de casa —**"Quin glamur, quan la vegi la Pepi!"**—; una **xaixia** per a en Manel, *souvenir* de Tunísia; tres parells de **babutxes**; un **anell amb una pedra verda** que el senyor li ha assegurat que

provenia directament de la família dels primers pobladors de Tunis, emparentats amb la faraona d'Egipte —tinc la impressió que s'ho ha inventat—; **un vel per cobrir el rostre** que la meva mare diu que li anirà de primera per a la disfressa, **i tres quilos de mandarines, que no sé d'on han sortit al darrer moment.**

Ja us podeu imaginar com hem sortit de la botiga, la Lis i jo, **maleint el moment en què les Bessones Diabòliques van fer-nos la mala passada** que ens ha portat fins a aquest càstig inhumà i cruel.

La meva mare, molt generosa, ha decidit que ara sí que ens podia ajudar, portant ella la seva pròpia bossa.

Hem passat un dia horrorós, seguint la meva mare per Tunis amb tots els paquets. Jo volia visitar un museu o alguna cosa interessant, fins i tot m'hauria acontentat visitant la mesquita o els banys àrabs o **qualsevol cosa de les que apareixien al fullet.**

Anar fins a l'altra punta del món per comprar roba per fer-se una disfressa de faraona no és exactament el que m'havia imaginat.

Mare... Tenim molta gana...

... he dit quan feia hores i hores que caminàvem pels carrerons plens de mercats i botigues.

La Lis, pobreta, tenia feina a seguir-nos, arrossegant la catifa i un munt d'altres paquets, i **em feia por que se'ns desmaiés.** Segur que la meva mare me la faria dur a mi, la catifa, i també la Lis.

—Ara teniu gana? —ha dit, sorpresa, ben descansada i amb la seva bossa ben agafadeta—. Vinga, va, ens aturarem a menjar alguna cosa.

La Lis i jo hem saltat d'alegria, però ens ha durat poc, perquè **a la meva mare tots els restaurants li feien fàstic.** Alguns eren massa foscos, d'altres els trobava bruts **—però si eren molt més nets que el frankfurt de sota casa!—**, d'altres li semblaven massa cars. Encara ens hem arrossegat una hora més, fins que ens hem aturat en un petit local que tenia unes tauletes a fora, sota uns tendals de colors.

Jo ja no em sentia les cames i la Lis estava tota pàl·lida darrere el seu serrell. La meva mare ha ordenat el menjar, **sense tenir ni idea de què demanava,** però hem tingut una sorpresa agradable quan ens han servit un cuscús a la tunisenca, una cosa bonníssima, probablement **la més bona que hem menjat mai de la vida.** Sí, ja sé que quan us digui que tenia carabassa, i cigrons, i carbassó, i pebrot verd, i pastanagues, i ceba direu que quin fàstic. **Doncs no!** Era una cosa boníssima, una mica picant, sobre un llit de cuscús, aquella mena de boletes minúscules de pasta. **Ai que bo!** A la meva mare no li ha agradat tant, segurament hauria preferit

uns frankfurts o alguna truita recremada, perquè ha dit:

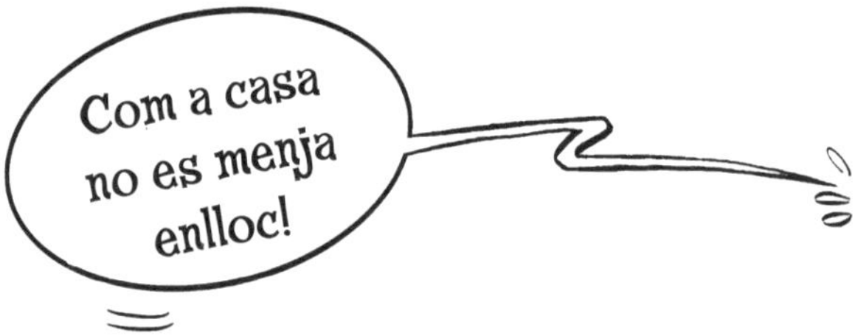

Després de prendre un altre te amb menta i passar una bona estona descansant amb tots els paquets als nostres peus, veient la gent, tan curiosa, anar amunt i avall dels carrerons recargolats de la part antiga de la ciutat, ja ha estat l'hora de tornar al vaixell.

I les ruïnes? I les palmeres? I el desert? I els museus meravellosos amb antiguitats? **On eren totes aquelles coses fantàstiques que explicaven al fullet?** La Lis i jo

estàvem rebentats, extenuats, esquena-romputs, fatigats, rendits, malmesos, prostrats, trinxats, exhausts, anihilats, abatuts, cruixits, desfets, esgotats, defallits, esllomats, anorreats. **O sigui, fets xixines. No sé si ha quedat clar.**

Quan hem arribat al port, però, les forces ens han tornat, perquè **hem vist els dromedaris!**

Mare, si us plau! Si us plau! Faré tot el que tu vulguis, però deixa'ns pujar als dromedaris! Si us plau!

Primer la meva mare no volia, però hem insistit tant, la Lis i jo, que ha acabat demanant-ne el preu.

—11 dinars???[1] —ha xisclat la meva mare, i ha fet un càlcul mental molt ràpid—. **Això són 5 euros!**

Aleshores ha començat a **regatejar amb el senyor perquè ens fes un 3 × 1**, o sigui, pagar un viatge i fer-ne tres, i l'home ha dit que no, és clar. Després li ha proposat que paguéssim 3,6 dinars cada un, després li ha dit que li pagaria amb euros i que n'hi donaria

1 El dinar tunisenc és la moneda de Tunísia. Un dinar tunisenc equival, aproximadament, a 50 cèntims d'euro.

5 si ens deixava fer tres viatges[2], fins que **l'home estava tan marejat que ja no sabia ni de què estaven parlant.** Finalment, han arribat a una solució prou justa: pagaríem els 11 dinars, però **hi pujaríem tots tres alhora.** L'home ha mirat la meva mare de dalt a baix, valorant-ne la panxa i els malucs i la pitrera, i ha fet una ganyota. Però aleshores ens ha mirat a nosaltres, que som com dos fideuets, i ha dit que d'acord.

La meva mare s'ha negat a deixar anar la bossa i les compres perquè tenia por que li ho robessin tot, o sigui que **hem fet**

---

2 A veure si sou tan llestos com la Lis i sabeu quina de les tres propostes li sortiria més barata a ma mare!

la nostra volta en Dromedari Ben Comprimits sobre la gepa del pobre animal, amb totes les compres, incloent-hi la catifa de 3 × 3 metres. No ha estat gaire agradable, sobretot a l'hora de pujar i baixar de la bèstia. **Em pensava que cauríem des de dalt de tot!** Heu vist mai com s'aixequen i com s'ajupen? Per aixecar-se, primer estiren les potes del davant i sembla que vagis a caure d'esquena, i per ajupir-se, primer dobleguen les potes del davant i, **"aaaaahhhhh!"**, et fa ben bé la sensació que cauràs de cap! **I són molt alts, altíssims!** La Lis ha fet un crit molt fort. Quina por! Almenys, quan tornem al barri podrem dir que hem anat en dromedari!

BOSCH

Quan hem arribat a les cabines, el meu pare encara no hi era. I ja era gairebé l'hora de marxar! **On es devia haver ficat, tot el dia?** La meva mare ha anat als controls de seguretat a preguntar si havia arribat i li han dit que no.

—Senyora, si no arriba d'aquí a cinc minuts, no podrà embarcar.

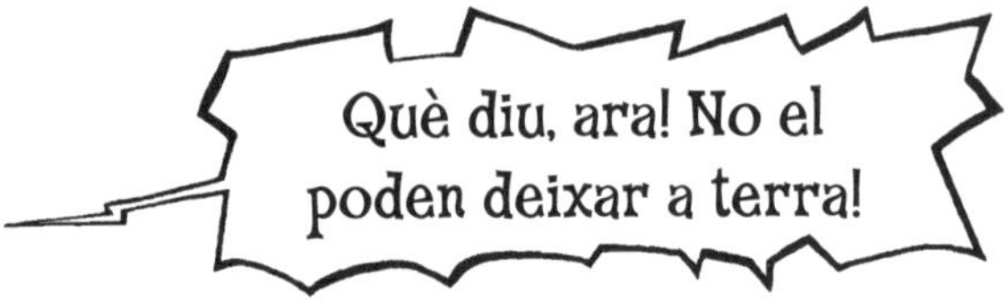

... s'ha esgarrifat la meva mare.

—I tant, que podem! —ha dit el noi—. Segons la normativa, el seu marit hauria de ser aquí des de fa mitja hora!

Aleshores l'hem vist arribar. **DOS POLICIES el DUIEN arrossegant PEL MOLL,** camí cap a la passarel·la.

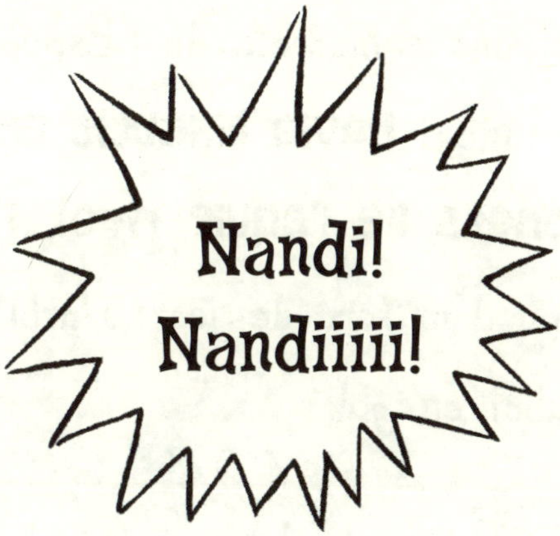

... cridava la meva mare.

—No era gol! —cridava el meu pare—. **NO era goooool!**

Els policies han pujat al vaixell i **ens han fet lliurament DEL MEU PARE,**

empipat com una mona. Havia passat tot el dia en un bar, veient partits en diferit de la lliga tunisenca de futbol. S'havia comprat una samarreta de l'Espérance Sportive de Tunis i **havia discutit amb uns aficionats de l'equip rival,** l'Al-Ahly, per culpa d'un fora de joc no arbitrat que havia acabat en gol.

Quan els dos policies el van trobar, li havien estripat la samarreta i ell els insultava dient-los **"cara de frankfurt",** cosa que és molt ofensiva, sobretot en un país musulmà, on el porc no està gaire ben vist. En realitat, la meva mare va haver de donar les gràcies als policies, que en lloc d'emportar-se'l a

comissaria, l'havien acompanyat al vaixell, encara que fos per les aixelles i arrossegant-lo.

Aquella nit, va ser el meu pare el que es va quedar tancat a la cabina castigat sense sopar.

9. NÀPOLS I LA HISTÒRIA DE LA PIZZA MARGHERITA

Ahir al vespre, quan vam arribar a les cabines, la meva mare va deixar el meu pare tancat a la seva i va venir a la nostra. L'home estava castigat i, a més a més, crec jo, vaig sentir dir alguna cosa sobre unes cerveses de massa. **Crec que el pare necessitava dormir una mica.** Així que la meva mare va venir a la nostra cabina amb tot el que havia comprat per fer la seva disfressa de faraona.

Estava molt excitada i va escampar sobre el nostre llit totes les teles, els fils, les agulles... **La Lis va dir que ella es disfressaria de Sirena del Nil,** aprofitant la seva disfressa de sirena.

Sirena del Nil?
On s'és vist?? No hi havia pas sirenes, al Nil, això ja t'ho puc assegurar.

... va dir la meva mare amb cara burleta.

La Lis va quedar una mica moixa, però jo li vaig dir que segur que estaria molt guapa, de Sirena del Nil, i es va animar.

Aleshores vam anar tots tres a sopar al restaurant italià, on **vam trobar les Bessones Diabòliques i els seus pares perfectes,** que explicaven als seus veïns de taula, amb tot luxe de detalls, com eren les ruïnes de Cartago, una de les ciutats més poderoses de l'antiguitat, i totes les coses meravelloses que havien vist al Museu del Bardo i al pati de la mesquita Al-Zaytuna, i de les meravelloses teles que havien comprat per fer-se les disfresses per guanyar la vetllada amb el capità.

Sort que la meva mare no ho va sentir! Ella ha de guanyar aquest maleït concurs perquè **nosaltres volem la bicicleta amb sidecar!**

Vam seure en una taula ben lluny d'ells i la meva mare va passar tot el sopar parlant sola de com de guapa i enlluernadora quedaria, vestida de faraona. **La Lis i jo vam començar a traçar un pla per venjar-nos de les mocoses.**

La festa de disfresses és demà a la nit i **tothom està molt excitat amb els preparatius.** Al vaixell no es parla d'una altra cosa, i el meu pare ha dit que ell no hi pensa participar ni que li vagi la vida.

Aquest matí, la Lis i jo ens disposem a dur a terme la primera part del nostre pla. En un parell d'hores atracarem al port de Nàpols,

Itàlia, **el segon país estranger de la nostra vida**, i ens ha dit la meva mare que hem d'esmorzar fort perquè avui farem l'excursió amb tothom, l'excursió oficial, la que et porten amb l'autocar, la que val quartos, **que hem d'aprofitar que ho tenim tot pagat.** És clar, com que ja té la seva roba de faraona, ara ja pot fer turisme com tothom.

Després d'esmorzar al menjador i d'haver entomat algunes **ganyotes burletes de les Bessones Diabòliques**, les hem seguides fins a la seva cabina. Ens hem amagat en un entrant del passadís per veure a quina cabina entraven i han sortit al cap de no res, vestides amb el barnús i els vestits de bany,

disposades a aprofitar a la piscina el parell d'hores abans d'arribar a Nàpols. La Lis i jo hem corregut a la nostra cabina a posar-nos els nostres banyadors i ens hem disposat a anar a la piscina per **executar el nostre intel·ligentíssim Pla**, perquè, de vegades, quan un vol guanyar, ha d'arriscar fins i tot la vida!

No teníem gaire estona, així **que hem procedit immediatament a desenvolupar el pla súper que ha dissenyat la Lis.** M'he col·locat a la vora de la piscina, com si em volgués llançar de cap però tingués por, o no m'hi atrevís. **Jo en sé molt, de fer d'esquer, quan vull.** He fet veure que em tirava, i després que em feia enrere, he remenat el

cul, he fet cara de pànic, fins que elles han vingut, just el que jo esperava, i "**Patatxop**", m'han empès a l'aigua. He caigut a la piscina fent molt de teatre, he cridat per atraure l'atenció de tothom. Elles reien com boges.

—M'ofego! —he cridat.

M'he posat molt en el meu paper, i alesshores **m'han tret de l'aigua entre uns quants forçuts** i jo he fet veure que m'havia desmaiat, perquè la Lis tingués prou temps de fer el que havia de fer. I han vingut els pares de les diabòliques, que **en lloc d'agafar-les per les orelles i arrossegar-les cap a un reformatori,** que és el que es mereixen, els han posat les mans a l'espatlla i han dit "... reines...". Reines? **Un bon cop de sabatilla, els hauria donat el meu pare!** Tothom patia per mi, que semblava mig mort a terra. Ara ja no sabia si m'havia d'aixecar com si res o seguir amb la comèdia, però havia de donar temps a la Lis, o sigui que he aguantat la respiració.

—**No respira!** —deia una.

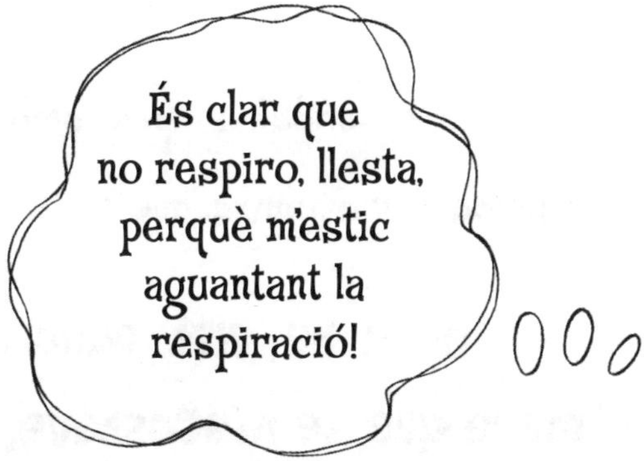

—**S'està posant lila!** —ha dit un altre, que *ja* sé qui és, *ja*, un de molt *gros* més vermell que un *gambot* de tant prendre el sol. Es podria mirar primer a ell!

—Fem-li el boca a boca! —ha cridat una dona. **I aquí m'he posat nerviós,** perquè no volia que ningú no em deixés les seves baves per sobre.

Deixeu-me a mi! Me'n van ensenyar en un curset a l'exèrcit!

... ha cridat un paio amb una barba molt espessa i una panxa que ni la del meu pare.

Quan he vist aquella massa humana que se m'acostava, perquè jo, encara que fes el mort, ho veia tot entre les pestanyes, d'aquella manera que tots els nens sabem fer perquè va molt bé per fer trampa quan jugues a fet i amagar, **m'han agafat tots els mals.** En primer lloc, aquella barba jo no volia que toqués la meva boca de cap de les maneres. En segon lloc, no he tingut clar que no m'acabés d'ofegar ell, amb aquella panxota, si se'm posava al damunt.

De lluny he vist la Lis, que **em feia senyals que ho havia aconseguit**, o sigui que m'he aixecat d'un bot i he dit:

Tothom ha fet "**AAAAAHHHH!**", com si haguessin vist ressuscitar un mort.

—De vegades ja em passa, que si caic a l'aigua i és molt freda, quedo com encarcarat. És una característica meva!

La gent m'ha mirat amb cara d'estranyesa. El de la barba ha aixecat una cella i al final m'han deixat estar i cadascú se n'ha anat a la seva gandula, a gaudir del creuer *Paradís*. Això de "característica" ho vaig aprendre del meu pare, que **diu que no està gras, sinó que té la panxa voluminosa**, que és una característica seva. La meva mare diu que és una panxa característica de cervesa, i veig que és una paraula molt útil, m'agrada i crec que la faré servir més.

Aleshores me n'he anat corrents a reunir-me amb la meva amiga, **la més intel·ligent del món mundial.** Ara ja estava tot a punt per a la nostra venjança.

Quan ha estat l'hora de baixar del vaixell, estàvem tots dos molt contents. La meva mare s'havia lligat la bossa al cinturó amb un cadenat, **"A l'estranger roben moltíssim!"**, i nosaltres estàvem contentíssims de no haver de dur paquets i d'anar amb autocar, com tothom. Els carrers eren plens de gom a gom. Ho vèiem des de les finestres de l'autocar que ens duia a Pompeia. **POMPEIA! US HO IMAGINEU??**

La guia ens parlava a través d'un micròfon dins l'autocar. La noia semblava prou simpàtica. No m'hagués fet res que fos la meva mestra, en lloc d'en Fuet. I tant que no! Semblava molt més divertida! I molt més bufona, on vas a comparar!

Pompeia, ara fa uns 2.100 anys, era un dels llocs preferits dels romans rics per anar-hi de vacances.
Era un lloc ple de vil·les luxoses, temples, teatres i termes.
Fins que l'any 79, fa més de 1.900 anys, va quedar completament destruïda per l'erupció del Vesuvi, el volcà que poden veure allà al fons.

UN VOLCÀ DE VERITAT! Mare meva quina meravella! Un volcà dels que treuen foc!

—Quina irresponsabilitat! —ha dit el meu pare—. Ens porten a veure un volcà que ens pot explotar al damunt! **SUPOSO QUE AIXÒ HO COBREIX L'ASSEGURANÇA, OI?** —ha cridat a la guia, que se l'ha mirat de dalt a baix com si veiés un extraterrestre.

Llàstima que les bessones diabòliques anaven en un altre autocar. M'hauria agradat que si havia d'explotar el volcà, com a mínim elles hi fossin a prop.

La visita a Pompeia és probablement la cosa més impressionant que la Lis i jo veurem

mai en tota la nostra vida. Fins i tot hem vist les reproduccions dels cossos torrats dels pobres **pompeians o pompeiencs, no sé com es devien dir,** que van quedar coberts de lava quan intentaven fugir. És tan impressionant! La meva mare ha dit **"Quin horror!"** i el meu pare ha fet un comentari en veu alta interrompent la guia que no ha agradat gens a la meva mare, ni tampoc a la guia, que ens ho explicava, és clar:

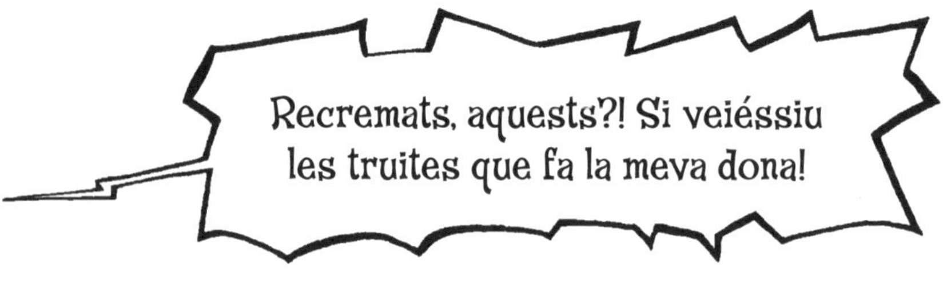

Alguns senyors han rigut i s'han endut un cop de colze a les costelles de part de les seves respectives dones.

La Lis i jo estàvem tan contents! Ningú no s'ho creuria, a l'escola, que havíem estat sota un volcà de veritat i havíem vist gent passada per la barbacoa! **També hem vist grafitis a les parets, de fa 2.000 anys!** N'hi havia un que ens ha encantat i ens ha fet veure que les coses, en 2.000 anys, tampoc no han canviat tant! La Lis l'ha apuntat a la seva llibreta i hi deia, en llatí: "*Cacator cave malum, aut si contempseris, habeas Iovem iratum*". La guia ens ha dit que vol dir **"Vés amb compte si vols fer caca aquí! Si no fas cas**

D'aquest advertiment, la ira de Júpiter caurà sobre teu!". Al barri també hi ha molts veïns que tenen cartells que diuen "Si t'atrapo deixant la caca del teu gos davant de casa, te l'enduràs al clatell!", que ve a ser una mica el mateix. N'hi havia un altre que ens ha agradat molt que deia "*Quis hoc legit, stultus est*", i que vol dir **"tonto qui ho llegeixi"**. Ostres! Els lavabos de la nostra escola estan plens d'aquesta frase! I ara resulta que fa 2.000 anys ja s'escrivia?? Potser d'aquí a 2.000 anys més algú trobarà aquella que va escriure en Kevin de la nostra classe, **"Aquí ha fet caca en Kevin 2-2-2015"**, i la posarà en algun museu!

Quis hoc legit,
STULTUS EST.

Ha estat un matí tan entretingut! **El meu pare es divertia posant nerviosa la pobra guia,** que s'esforçava a ignorar-lo, però que cada vegada estava més sulfurada.

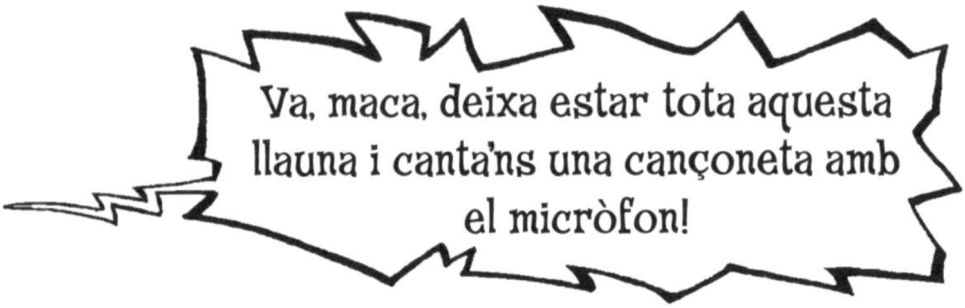

... li deia el pare.

La meva mare estava bastant enfadada.

Un cop a l'autocar de nou, la guia ens ha explicat que dinaríem a la pizzeria Brandi, la més famosa de Nàpols, que és **on es va inventar la pizza *Margherita*.**

La pizza aquella sense res?
Sense res, no! Amb tomàquet, mozzarella i alfàbrega! Els colors de la bandera italiana! La va inventar el cuiner del Brandi l'any 1889 en honor a la reina d'Itàlia, Margarita de Savoia!
Hauria estat molt més bona si l'haguessin fet imitant nostra bandera, on vas a parar! Ratlles de mostassa i quètxup, molt millor, i tant!

La Lis i jo teníem molta vergonya que el meu pare de vegades sigui tan poca-solta, per això **hem anat a seure a la darrera fila, perquè no semblés que anàvem junts.** El dinar ens ha encantat. La pizza era molt bona i només hi ha hagut un moment una mica tens, quan el cambrer, assenyalant el pa, ha preguntat al meu pare:

—*Burro?*[1]

—Com diu?? —ha dit el meu pare aixecant-se de la cadira.

1 Encara que sembli mentida, així es diu la mantega en italià.

2 "Vol mantega?", tal com ho diuen a Nàpols.

—Mantega?? —ha cridat el meu pare, agafant més fort el cambrer—. **M'ha dit burro, ho he sentit perfectament! No sóc sord, jo!**

La meva mare ha fet veure que no ho veia i ha seguit menjant la seva pizza, i just quan estaven a punt d'arribar a les mans, ha estat quan la guia s'ha posat a xisclar, vermella com un perdigot, que no ho aguantava més, que **podíem anar tots a tomar vent, i se l'han hagut d'endur amb un atac de nervis.** I a la tarda, quan hem anat al Castel dell'Ovo, ja s'havia refet, almenys una mica.

Amb la veu tremolosa ens ha explicat la llegenda del castell, que diu que es va començar

a construir fa més de 2.000 anys sobre un ou màgic que hi va amagar el poeta llatí Virgili, i que si mai l'ou es trenca, **Nàpols patirà tot un seguit de calamitats i desgràcies.**

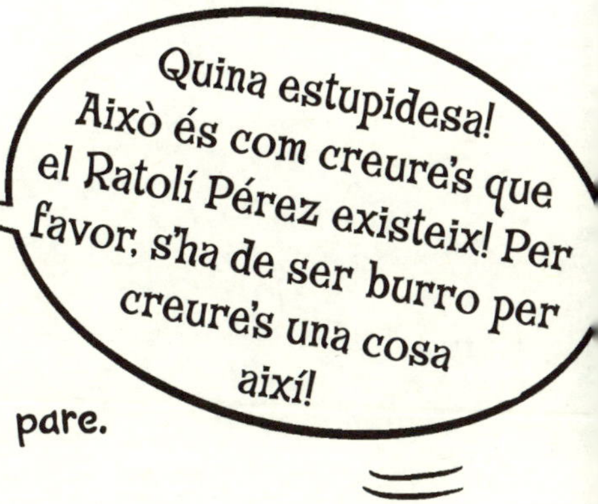

... ha rigut el meu pare.

Aleshores ha estat quan tres o quatre nens que formaven part del nostre grup **s'han posat a plorar desconsoladament,** i els ha seguit la guia, que ja no podia parar de sanglotar, i s'ha donat l'excursió per acabada i hem tornat al vaixell.

10. ASCENSIÓ A LA TORRE DEL PLÀTAN

Ahir a la nit la meva mare no ens va deixar dormir perquè va estar a la nostra cabina cosint i cosint i cosint la seva disfressa de faraona, perquè el meu pare tornava a estar castigat, tancat a la seva cabina. Diu la meva mare que **mentre es porti com un goril·la, es quedarà tancat a la seva gàbia de goril·la.**

La Lis i jo vam aprofitar per preparar les nostres, de disfresses. Ella anirà de Sirena del Nil i jo, com que no em vaig endur cap disfressa que lligui amb La Gran Nit dels Faraons, **he decidit fer-me'n una de faraó.** Ja ho sé, ja ho sé, no és gaire original, però què voleu?? No puc improvisar una disfressa de piràmide així com així!

Avui és el gran dia! Aquest matí estem molt cansats. Jo diria, fins i tot, cansadíssims, però molt, molt contents, perquè **aquesta nit és La Gran Nit dels Faraons!** I perquè hem atracat al port de Livorno, Itàlia, per anar a veure **la famosa Torre de Pisa!**

Després d'esmorzar, hem baixat del vaixell per anar a buscar l'autocar. La guia —que no era la mateixa d'ahir, pobreta— ens ha començat a explicar coses interessants:

La Torre de Pisa, que té gairebé 56 metres d'alçària, es va començar a inclinar mentre la construïen, l'any 1178, fa 837 anys! Al llarg dels segles, han intentat posar-la recta diverses vegades, però només van aconseguir que s'enfonsés encara més. Finalment, l'any 1990 la van haver de tancar al públic, però actualment, després de les obres que s'hi han fet per estabilitzar-la, s'hi pot tornar a pujar fins a dalt de tot!

—**Hi podrem pujar?** Hi podrem pujar? —hem preguntat la Lis i jo, molt excitats.

—Nosaltres sí —ha dit la meva mare—, el vostre pare val més que no.

—Què vols dir? —ha dit el meu pare, sorprès.

—No crec que t'hi deixin pujar, amb aquesta panxa. **No s'arriscaran que es torni a inclinar!**

Quan hem baixat de l'autocar, **el meu pare ha intentat buscar un bar amb una tele ben gran on fessin esports** per esperar-nos-hi, però la meva mare li ha dit que això ja ho va fer a Tunis i "mira com va acabar!", li ha cridat. El meu pare, que es deu sentir una mica culpable, ha vingut amb el grup, remugant, això sí.

Hem caminat fins a la Piazza dei Miracoli i davant dels nostres nassos ha aparegut...

la famosa Torre de Pisa, espaterrant! Quina cosa més alta i més torta!

... deia la nostra guia–, perquè, a mesura que la construïen i s'anava enfonsant, van afegir-hi els pisos superiors tot construint-los amb un cert angle, per compensar la inclinació de la base. La torre es va construir durant dos-cents anys que...

La Lis i jo hem deixat de prestar atenció perquè ens hem adonat que, **per primera vegada en tot el viatge**, el meu pare ha tret la càmera de fer fotos.

—**Vine!** —ha ordenat a la meva mare, i tots dos s'han allunyat del grup per posar-se a fer posturetes davant de la torre.

Nosaltres estàvem més interessats a saber més coses sobre la Torre de Pisa.

—Per què es va inclinar? —ha preguntat la Lis.

—I per què van trigar tant a construir-la? —he demanat jo.

—I és veritat que Galileo Galilei va llançar dues bales de canó des de dalt per demostrar una llei física? Ho he llegit al fullet! —ha exclamat emocionada la Lis.

—I per què...?

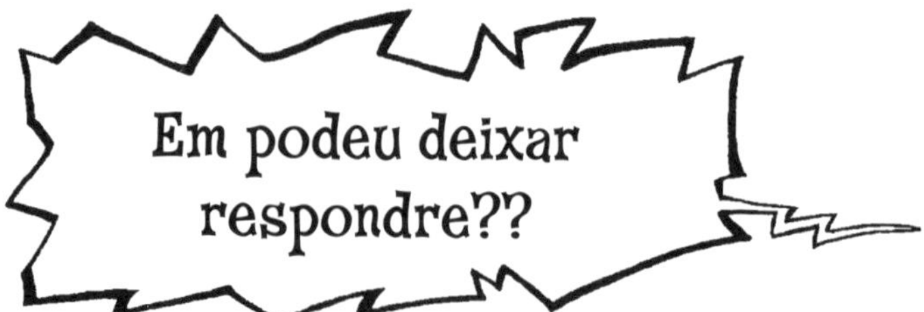

Ha cridat la guia.

Quina poca paciència que tenen els guies turístics! Però aleshores la dona s'ha adonat que tot el grup l'havia abandonada per **fer-se també fotos ridícules davant de la torre,** i realment el paisatge quedava molt estrany, amb tota aquella gent fent postures com si fessin una coreografia d'una dansa estranya...

Així que **la pobra dona ho ha deixat estar** i ens ha fet anar a tots a fer cua per pujar fins dalt de la torre. Genial, quina passada! La Lis i jo hem volgut ser els primers de la cua i hi hem anat corrents, mentre sentíem

el meu pare que remugava i preguntava "almenys hi deu haver ascensor, oi?".

... ha bramat la guia.

No, no n'hi ha, és clar. I l'home ha muntat un bon pollastre per pujar els 294 esglaons de la torre, **una ascensió sense xerpes i en espiral.** Una cosa fantàstica, però per unes escales tan estretes que quan el meu pare s'aturava cada tres graons per respirar, amb les mans als genolls, feia un embús

impressionant. Ha trigat una hora i mitja a arribar fins a dalt i **hem rebut tot tipus de queixes,** perquè gairebé s'ha esgotat el temps de l'excursió.

Ja ho deia jo, que era millor que et quedessis a baix!

... ha dit ma mare.

Si m'haguessis dit que veníem a pujar a l'Everest, m'hauria quedat al vaixell!

... ha afegit el meu pare.

Després de menjar una altra pizza en un restaurant proper, **hem arrossegat el meu pare cap a l'autocar** perquè no podia moure les cames.

11. LA GRAN NIT DELS FARAONS

Quan hem tornat de Pisa, el meu pare s'ha tancat, voluntàriament, a la cabina. **S'ha pres una pastilla perquè l'ajudés a poder moure les cames** un altre cop i s'ha quedat al llit.

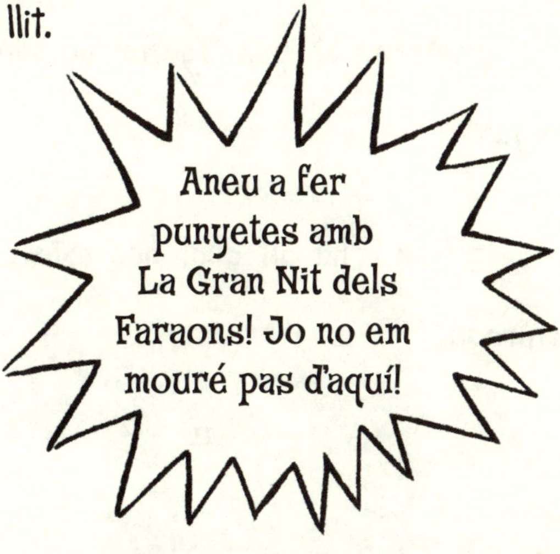

La meva mare, doncs, ha vingut a la nostra cabina per acabar de fer-se la disfressa. Nosaltres hem de dur a terme la segona part del nostre pla: **la Gran venjança**, l'hem batejat, però per a això hem d'esperar que tothom sigui a taula a l'hora de sopar. Després de sopar, cada família anirà a la seva cabina a disfressar-se i ens trobarem tots a les deu de la nit a la Gran Sala d'Actes, on tindrà lloc La Gran Nit dels Faraons.

—Mare, et puc agafar un cinturó? —he preguntat.

—Ahà —ha dit ella, que estava molt concentrada.

—Agafo una tovallola de platja, eh? —he dit, aprofitant que la veia tan positiva.

Però ella no em feia ni cas, perquè **estava absorta amb la seva disfressa.**

La Lis s'ha emprovat la seva i **està tan guapa!** La cua de la sirena gairebé li tapa totes les cames, només li surten els peu-ets per sota, i a la part de dalt hi du dues estre-lles de mar que li tapen el pit. S'ha fabricat uns

braçalets d'un **paper daurat que hem anat recollint dels embolcalls dels gelats**, i també s'ha fet una mena de corona.

Ara només falta el maquillatge!

... ha dit la Lis.

La meva disfressa no està tan malament, tampoc, però **us haureu d'esperar a veure-la** quan em canviï, després de sopar!

Al menjador, ningú no parlava d'una altra cosa! Menys el meu pare, que només parlava del mal que li feien les cames. "**Perquè**

tenim el sopar pagat, que, si no, no m'aixeco del llit!", ha dit.

Tothom estava la mar d'excitat amb el concurs de disfresses, sobretot els més petits i totes les senyores, que esperaven guanyar la vetllada amb el capità. A mig sopar, la Lis i jo hem demanat permís per anar al lavabo. Com era d'esperar, **ni mon pare ni ma mare no ens han fet cas**, o sigui que hem sortit disparats cap a la cambra de les diabòliques. N'hem obert la porta amb la **targeta magnètica** que la Lis va agafar ahir del barnús d'una de les nenes, **mentre jo feia el numeret a la piscina**. Us ho vaig dir, **un geni, la Lis, fent plans!**

Sobre el llit de matrimoni, les disfresses estaven a punt! **Les Dues Diabòliques anaven d'esfinx!** Amb màscara i tot! El pare i la mare, de faraó i faraona. Ràpidament, **hem tret el pot de pólvores pica-pica** que sempre duc per a ocasions similars, com per

exemple aquella vegada que el meu pare em va tenir castigat netejant el taller tot un matí sencer, que semblava que no s'acabaria mai. Una mica de pólvores pica-pica al coll de la seva bata de taller va fer miracles. Tenia tanta picor que vam haver de tornar a casa a correcuita perquè es dutxés. Sembla mentida el servei que fan en qualsevol circumstància unes bones pólvores pica-pica. N'hem escampat unes quantes, aquí i allà, sense gaires miraments.

Dins les babutxes, que havien deixat ben col·locades a terra, hi hem posat una mica d'**Oli d'oliva d'aquest que va en bossetes de plàstic** d'un sol ús i que hem trobat al restaurant, i, per assegurar-nos-en, hi he afegit una

miqueta de res de suavitzant que hem trobat a la dutxa. Hem deixat la targeta magnètica sota la taula, com si fos allà per casualitat, i **hem sortit disparats cap al menjador** de nou, amb el cor a cent per hora.

Quan ja érem a les postres, ha sortit un oficial i ha demanat l'atenció de tothom a través del micròfon.

Estimats creueristes! Aquesta és la nit que tothom estava esperant! La Gran Nit dels Faraons està a punt de començar! Ara podreu anar a les vostres cabines i disfressar-vos tan bé com sapigueu! Però, abans d'aixecar-vos, algú molt especial us adreçarà unes paraules! Endavant, capità!

Tothom ha aplaudit i la meva mare ha exclamat "**Ai, el capità! Quina emoció**", però quan ha sortit el capità, li ha caigut l'ànima als peus. No era un capità, **era una capitana**, tan guapa, però TAN GUAPA! Tothom ha fet "**OOOOOhhhh!**" i "**Ahhhhhhh!**", sobretot els senyors, i el meu pare, que ha fet uns ulls com unes taronges!

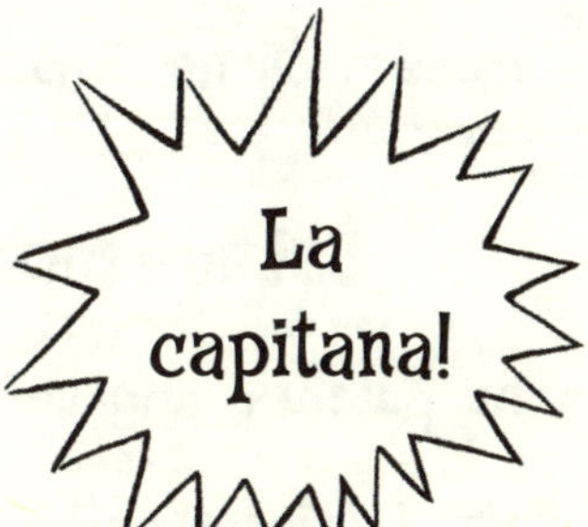

... ha exclamat, bavejant.

I la capitana ens ha adreçat unes paraules que ningú no ha escoltat perquè la seva

Bellesa enlluernadora ens havia deixat a tots com si haguéssim caigut en una mena d'encanteri (menys les senyores, que estaven el contrari d'encantades) i ha donat el tret de sortida per anar a disfressar-nos. El meu pare ha sortit disparat cap a la cabina.

—On vas, gamarús! —li ha cridat ma mare—. Si no tens ni disfressa!

Estava molt enfadada perquè ara ja no passaria una vetllada amb un capità guapíssim i interessantíssim. Jo, en canvi, m'hi volia esforçar molt.

La meva mare, la Lis i jo hem anat a la cabina i ens hem disfressat a consciència.

Ens hem maquillat. La Lis i la meva mare s'han pintat les parpelles d'un blau intens i jo m'he pintat tot el voltant dels ulls ben fosc. **Estaven totes dues molt guapes!** Potser sí que la meva mare *guanyaria* el concurs i nosaltres la bicicleta amb sidecar! Així és com hem quedat:

Quan hem arribat a la Gran Sala d'Actes, **hi havia un munt de faraons i faraones, i fins i tot alguna piràmide!** La gent reia i els uns parlaven amb els altres comparant les disfresses i elogiant l'enginy de cadascú. La meva mare es passejava com una autèntica faraona, saludant a banda i banda, i aleshores ha arribat la família diabòlica. **Semblava que tots s'estiguessin fent pipí,** o que tinguessin el mal de Sant Vito, o que fessin alguna mena de dansa estranya, perquè no podien parar de moure's. A més a més, a cada passa que feien, relliscaven una mica dins les sabatilles i se'ls veia nerviosos i inestables. Les bessones xisclaven sota la màscara d'esfinx

i la Lis i jo ens hem hagut d'aguantar el riure: **ens havia sortit rodó!** Aquells quatre no podrien pujar a l'escenari de cap de les maneres! **Es rascaven pertot arreu com si duguessin puces!**

—S'ho mereixen! —m'ha dit la Lis a l'orella.

L'oficial que abans ens havia presentat la capitana ja era damunt l'escenari i estava a punt de donar el tret de sortida al concurs. Ens ha explicat com funcionaria i qui eren els membres del jurat. **Però aleshores ha passat una desgràcia.** Les dues bessones, que no paraven de moure's i relliscar dins les seves babutxes, quan ja eren a prop nostre, han relliscat i **han caigut sobre la meva mare**, i li han arrencat la faldilla, que s'ha estripat tota.

HIIIIIiiiii!

—Hllllliiiii! —ha xisclat la meva mare, en roba interior, **tapant-se el cul com podia—**. Aquestes bruixes! —ha cridat—, **aquestes males bruixes m'han trencat la disfressa!**

La família diabòlica **s'ha fet fonedissa,** rascant-se com si els hi anés la vida.

Aleshores, aguantant-se la tela com podia, la meva mare ha agafat la Lis pel braç i se l'ha endut corrents a la cabina.

Però on aneu?!

... he cridat jo.

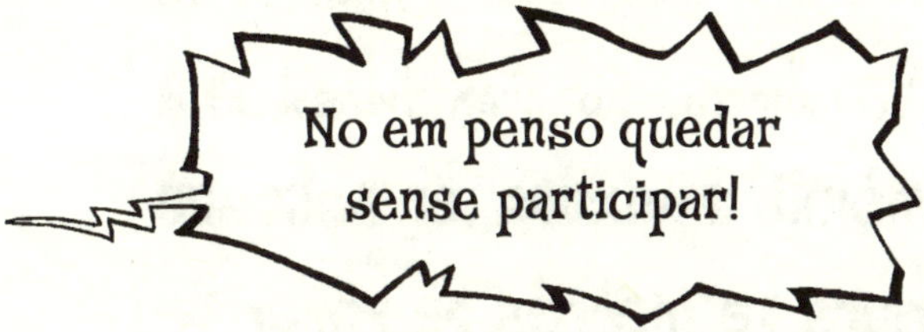

... ha cridat la meva mare.

Jo les volia seguir, però aleshores ha entrat a la Gran Sala d'Actes un personatge que ha deixat tothom mut. Caminant amb els braços endavant i amb les cames ben dretes, **ha aparegut una mòmia autèntica,** amb una gran panxa que em resultava terriblement familiar. Una

gran mòmia amb uns ulls foscos pintats sobre les benes... Un moment, no eren benes! **Era una gran mòmia panxuda embolicada amb centenars de metres de paper de vàter!** Aquell no podia ser altre que el meu pare, el gran Nandi, disposat a guanyar el concurs! S'ha obert un gran passadís a la sala i **tothom ha aplaudit, fent xiscles d'admiració,** i la meva mòmia paternal ha desfilat, orgullós, fins a l'escenari.

En aquell moment han arribat la Lis i la meva mare. **Quina visió més espaterrant!** La Lis anava embolicada amb la tela de la faldilla de ma mare, de qualsevol manera, però s'havia col·locat uns collarets i feia una faraona

prou passable, o potser **una criada de faraona...**, o potser una pastora de la faraona. Però la meva mare... **Ostres, la meva mare!** Diguem que si a la Lis la disfressa de Sirena del Nil li quedava estupenda, a ella... Bé, a ella..., jutgeu-ho vosaltres mateixos:

El meu pare, **davant l'aclamació popular,** ha estat el guanyador de la vetllada amb la capitana, i un cop lliurat el trofeu, **ha sortit de la sala en braços de la multitud** per anar-se a posar guapo a la cabina.

I ara som a la nostra, de cabina, **consolant la meva mare, que té un atac de plorera** perquè el seu Nandi, o sigui el meu pare, és al reservat del bar passant una agradable vetllada amb la capitana i ella ja no podrà tornar al barri mai més, perquè, com li dirà, a la Pepi, que ha fracassat estrepitosament? **Com li dirà que el panxut del seu marit ha guanyat el concurs en lloc d'ella?**

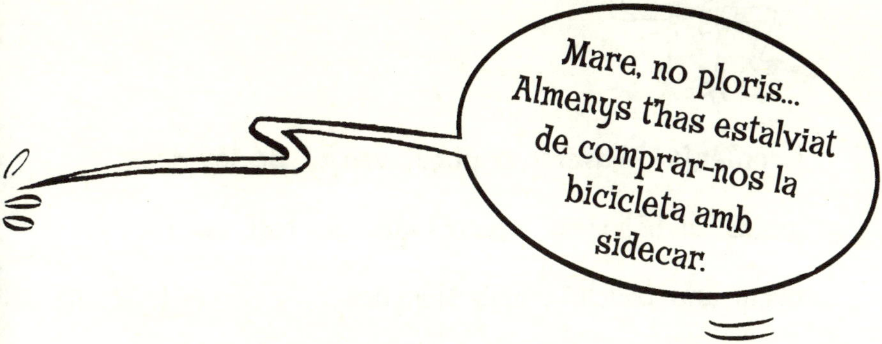

... li he dit jo.

—Quina bicicleta amb sidecar? **De què parles, orellut?** —ha dit, entre mocs.

I així, com sempre acaben les coses a la meva família, amb drames i desastres, la Lis i jo hem entès que no he perdut la bicicleta amb sidecar..., perquè **mai no ha existit la possibilitat de tenir-la...**

Aquesta nit dormirem plans, almenys la Lis i jo, contents d'haver sortit a l'estranger per primera vegada a la nostra vida

i contents d'haver-nos pogut venjar de les dues nenes diabòliques, encara que ja mai no tindrem una bicicleta amb sidecar.

12. TORNADA TRIOMFAL AL BARRI

Si això fos una pel·lícula, ara es veuria una pla general del mar il·luminat per la lluna i el nostre creuer, el *Paradís*, amb les seves llumetes enceses, travessant el reflex platejat de la lluna, entrant per la dreta de la imatge i sortint-ne per l'esquerra, en direcció cap a casa.

El viatge de tornada va ser tranquil. La meva mare tancada a la nostra cabina, **superant**

el seu Disgust. El meu pare a la coberta, prenent el sol amb aires de triomfador, amb una beguda d'aquelles de coloraines a la mà i un somriure babau de felicitat palplantat enmig de la cara.

La Lis i jo vam aprofitar per **passar el Dia a la Piscina,** i ens va encantar veure que la família diabòlica s'estava quieteta en un racó de la piscina, amb cara de pomes agres. **Les Bessones infernals Devien estar castigaDes,** perquè no les van deixar moure de les gandules en tot el dia.

Nosaltres també havíem triomfat, encara que no haguéssim aconseguit la bicicleta amb

sidecar, i **estàvem contents de tornar triomfants a casa.** Un viatge tranquil, ja us ho dic.

En arribar a port, els pares de la Lis **ens hi esperaven amb el minicotxe.** Hi va haver un munt d'abraçades i petons mentre enquibíem totes les maletes al cotxe, com la primera vegada.

Quan érem al mig de l'autopista, el pare de la Lis va dir alguna cosa, tot assenyalant el volant.

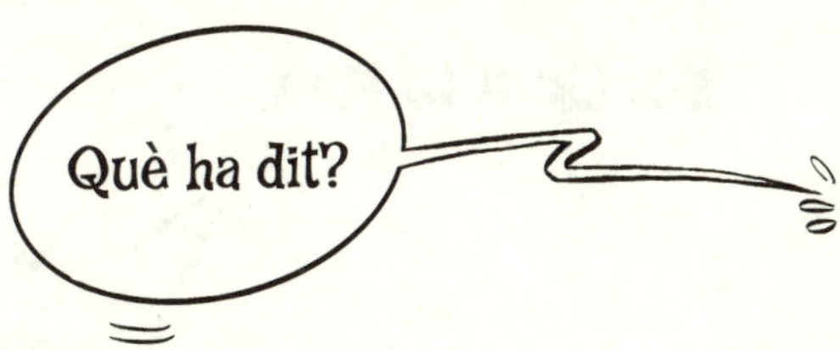

... va dir el meu pare.

Que... quin volant més maco!

... va dir la Lis.

Jo el veig rodó com tots.

... va dir mon pare.

La Lis i jo, de cop, estàvem tots suats, perquè, és clar, **el que havia de passar, va passar.** Allò va ser només el principi. La conversa es va anar embolicant, embolicant, i la Lis ja no sabia com sortir-se'n, i **al final tot va sortir a la llum.**

No tindrem compres gratis durant una setmana??

... van dir el meu pare i la meva mare a la vegada.

—I no podré arreglar el meu cotxe gratis durant un any?? **—suposem que va dir el pare de la Lis,** perquè ho va dir en xinès, però, per la cara que feia, segur que no ens estava donant la benvinguda a casa.

Tothom cridava, la Lis i jo ens agafàvem ben fort de la mà, i aleshores el cotxe va frenar enmig de la carretera i el pare de la Lis **ens va fer fora a tots,** incloent-hi maletes i Lis. Sort que hi havia una rotonda amb una micona de gespa i fins i tot amb una petita escultura d'una sirena i unes onades que va fer que **la meva mare esclatés a plorar.**

BBRRRRRRRR
Uààà!!!

I ara seguim a la rotonda, i el meu pare ha hagut de trucar a la Pepi al mòbil perquè ens vingui a buscar amb el cotxe, ja que la meva mare s'ha adonat que, en desembarcar, deu ser quan **li han robat la bossa,** on duia també la cartera del meu pare, i no tenim diners ni per tornar amb autobús.

"Quina vergonya!",

ha dit la meva mare. "Voltar per mig món estranger i que et robin a casa!"

La Lis i jo estem contents, però, perquè **hem viscut una gran aventura** i també perquè estarem junts una bona estona més!

ÍNDEX